KNAUR

Folgende Romane der Autorin
sind bereits erschienen:
Dein Lächeln um halb acht
Say yes – Perfekter wird's nicht

Über die Autorin:
Laura Jane Williams wurde 1986 in Derbyshire, England, geboren. Ihre Texte sind in zehn Sprachen in fünfzehn Ländern erschienen und wurden in Magazinen und Zeitschriften publiziert – vom *Guardian* über *Glamour, Stylist, Closer, The Metro* bis hin zum *Telegraph*. Zuletzt hat sie bei der *Grazia* und bei *Red* als Kolumnistin gearbeitet. Mit einem Grinsen im Gesicht sagt sie von sich selbst, dass sie Liebesromane für Zyniker schreibt.

LAURA JANE
WILLIAMS

The Mix-up
Tausche Koffer gegen Liebe

ROMAN

Aus dem Englischen
von Nadine Lipp

KNAUR

Besuchen Sie uns im Internet:
www.knaur.de

Deutsche Erstausgabe September 2021
Knaur Taschenbuch

Redaktion: Birthe Vogelmann
Covergestaltung: ZERO Werbeagentur, München
Coverabbildung: Collage unter Verwendung von Motiven von shutterstock.com
Florale Elemente im Innenteil: dinadankersdesign/Shutterstock.com
Satz: Adobe InDesign im Verlag
Druck und Bindung: CPI books GmbH, Leck
ISBN 978-3-426-52769-6

2 4 5 3 1

Für Charlotte Jacklin und Sabah Khan,
die ich mit meinen Büchern
stets zu beeindrucken versuche.

1
Izzy

Vom Rücksitz des Taxis aus kann ich zweifelsfrei vermelden: Das wird die Hochzeit des Jahres! Das liegt einfach in der Luft, und das Licht erzeugt die perfekte Stimmung. Während wir auf einer staubigen Schlängelstraße toskanische Hügel rauf- und runtersausen, immer an Weinbergen vorbei, leuchtet die Sonne hell und gelb und lässt alles wie eine Filmkulisse wirken. Eine noch schönere Kulisse, als sie sich ein Regisseur für ein *La-dolce-vita*-Setting ausdenken könnte. Ah, und wenn ich »sausen« sage, dann meine ich sausen. Pietro, der Fahrer, weiß offenbar nichts davon, dass es in Italien gemächlich zugeht.

»Chianti ist sehr … *bella*«, rufe ich ihm über das Motorengeräusch hinweg zu. Er sieht mich im Rückspiegel an, nimmt den Fuß aber nicht vom Gaspedal.

»*Kii-an-tii*«, unterstreicht er mit einer Handbewegung die Betonung der Silben und korrigiert meine Aussprache. Während des Flugs habe ich mir ein paar Italienischlektionen angehört, ein Michel-Thomas-Sprachkurs. Ich wollte mir ein paar Basics draufpacken, aber es ist wirklich schwierig, eine Sprache zu üben, ohne die Wörter laut zu wiederholen. Eine solche Show wollte ich aber in einem voll besetzten Flieger nicht abziehen. Dafür ergreife ich jetzt meine Chance.

»*Kii-an-tii*«, ahme ich ihn nach.

»*Brava*«, sagt Pietro, und ich vermute, dass das »gut« heißt, denn er sagt es mit einem zufriedenen Nicken.

Das ganze Jahr über habe ich für dieses Wochenende gespart. Schon letztes Weihnachten, als die Einladung auf meiner WG-Fußmatte im beschaulichen Putney gelandet ist, wusste ich, dass es sich lohnen würde. Der Umschlag war mit einem rubinroten Wachssiegel und den verschlungenen Initialen »S« und »A« versiegelt. Der Karton, auf den die Einladung gedruckt war, war so dick und schwer, dass ich ihn beinahe mit zwei Händen halten musste. Ich habe Sarah während meines Auslandssemesters in Toronto kennengelernt, und sie wiederum hat Adriano getroffen, als sie nach dem Uni-Abschluss für eine Zeit nach Rom gegangen ist, um dort Englisch zu unterrichten. Adriano stammt aus Yorkshire (hat aber sizilianische Urgroßeltern, daher sein exotischer Name); Sarah ist Kanadierin. Sie leben inzwischen gemeinsam in Toronto. Für ihre Hochzeitsfeier haben sie sich Norditalien ausgesucht – die Weinregion, aus der der Wein stammte, den sie bei ihrem ersten Date getrunken haben …

Jaja, ich weiß. Das klingt alles eine Spur *zu* märchenhaft und macht einen völlig … kirre! Im Leben einer Grundschullehrerin aus Süd-London sind heiße Dates vor schicker Trattoria-Kulisse oder vor dem Kolosseum extrem rar gesät. Dank E-Mail und Facetime konnte ich trotz der Entfernung an Sarahs Leben teilnehmen. Auf Instagram folge ich ihr auch. Meinen überbordenden Neid kann ich nur dadurch in Schach halten, dass sie so nett ist. Sarah vergisst nie einen Geburtstag und weiß, wann sie einen Blumenstrauß schicken muss, obwohl ein ganzer Ozean uns trennt. Sie ist eine wunderbare Freundin, die sich rein zufällig in einen Mann verliebt hat, der aussieht wie Ken und auch noch so romantisch ist, dass er ihr einen Heiratsantrag mit einem Flashmob am Trevi-Brunnen gemacht hat.

»Du allein?«, fragt Pietro, als wir abbiegen und die Auffahrt zum Hochzeitsanwesen sich kilometerweit hinzuziehen scheint. Die Sonne spielt hinter den Zypressen Verstecken, die den Wegesrand säumen und mit ihren Schatten die Luft dankeswerterweise abkühlen.

»Ich allein«, bestätige ich und grinse breit, um zu zeigen, dass es mir damit sehr gut geht. Und, ganz ehrlich, das tut es auch.

Bis zum Beginn des Sommers war ich davon ausgegangen, dass Doug mitkommen würde, wie man das nun mal von seinem Freund erwartet. Aber bei der Vorstellung, wie ich ihn auf dieser Reise würde bei Laune halten müssen, stieg mein Unbehagen stetig an. Es würde das letzte Wochenende vor Schulbeginn sein. Und für mich wäre es der absolute Höhepunkt einer Sommerpause, die ich mit Nachhilfestunden und Babysitten vollgepackt habe, um meine Finanzen aufzubessern. Ich habe immer gedacht, Doug wäre lustig und selbstironisch, aber dann stellte sich heraus, dass Doug ein … nun ja … ich will nicht »mieses Arschloch« sagen, obwohl das es genau trifft. Er hat ständig davon geredet, dass es in Italien Ende August so heiß sei, er hat mehrmals gefragt, ob ich das ganze Geld wirklich für sechsunddreißig Stunden Urlaub ausgeben wolle, wenn ich doch eigentlich für eine Anzahlung für ein Eigenheim sparen sollte. Er hat es einfach nicht verstanden, und je näher der Abflug rückte – mein wunderschönes, um siebzig Prozent reduziertes Rixo-Kleid war schon in dem eleganten Handgepäckkoffer verstaut, den ich mir von meiner Schwägerin geliehen hatte, und ich hatte frische Strähnchen im Haar, die ich im schicksten Laden der Stadt hatte machen lassen –, desto mehr wurde mir klar, dass Doug *mich* einfach nicht verstand. Denn für mich gibt es nichts Schöneres! Was ist das Einzige, das besser ist als Urlaub? Die Urlaubsplanung! Ich bin jene Freundin, die zwei Wochen im Voraus einen Tisch im Restaurant reserviert und die nächsten vierzehn Tage damit verbringt, die Speisekarte zu googeln und über die Getränkekarte nachzudenken. Meiner Meinung nach gehört die Vorfreude genauso dazu wie das eigentliche Erlebnis – ganz zu schweigen von den Fotos und Erinnerungen, die man hinterher hat. Also deutete ich leicht an, dass wir möglicherweise doch nicht so gut zueinanderpassen würden. Er kann sich nicht für Dinge begeistern und hält Enthusiasmus für eine Schwäche. Es heißt doch immer, dass man sich, wenn man verliebt ist, *mehr* wie man selbst fühlt – und nicht weniger. Und mit Doug hatte ich begonnen, meine Leidenschaft fürs Leben auf das misanthropische Elend zu reduzieren, mit dem er durch seins geht. Da reise ich doch lieber allein als mit dem Ballast eines Typen, der denkt, der Gipfel eines gefährlichen Lebens sei es, Pommes *und* Kartoffelbrei zu bestellen.

»Izzy!«

Mein Herz schwillt vor Freude an. Ich erkenne ihre Stimme, obwohl Pietro gleich nach dem Anhalten begonnen hat, in rhythmisch-eifrigem Singsang mit einem Hotelangestellten zu plappern. Anastasia! Sie war damals die einzige weitere Studentin von meiner Uni, die das gleiche Auslandssemester gemacht hat wie ich. Wir haben uns aber erst in Toronto kennengelernt. Ihr hat es dort so gut gefallen, dass sie bei der erstbesten Gelegenheit wieder nach Kanada gegangen ist. Das ist jetzt sechs Jahre her.

Als ich aus dem Auto steige, umarmt sie mich fest und kreischt mir aufgeregt ins Ohr, während sie meine Schultern festhält. »Ist das zu fassen, dass wir hier sind? Dieser Ort, das ist wie eine Mischung aus der Burg, in der Tom Cruise Katie Holmes geheiratet hat – ihre Ehe ruhe in Frieden –, und der Festung, in der die Volturi-Vampire leben. Ich habe mich heute Morgen buchstäblich *verlaufen.*«

Ich nehme vage wahr, wie der Hotelangestellte mein Gepäck zur Rezeption bringt, und werfe ihm einen Blick zu, um ihn wissen zu lassen, dass ich es registriert habe. Ich bin bei der Hochzeits-Location angekommen! Es ist eine toskanische Burg mit riesigen, festungsartigen Mauern und einem makellosen Innenhof. Alles wirkt so mittelalterlich, dass ich staune, niemanden in Kettenhemd und mit Schwert herumlaufen zu sehen.

»Die Website wird diesem Ort *nicht* gerecht. Das ist das nobelste Anwesen, das ich je gesehen habe«, rufe ich theatralisch aus.

»Sag ich doch!«, fällt mir Anastasia ins Wort und hakt sich bei mir unter. Sie senkt die Stimme und fügt hinzu: »Ich glaube, ihre Großeltern bezahlen das alles.«

Ich sollte es nicht gut finden, dass Anastasia eine solche Klatschtante ist, aber genau deshalb mag ich sie. Sie weiß immer über die besten und intimsten Details Bescheid. Es sind immer Sachen, bei denen man denkt, dass man sie gar nicht wissen will, bis sie davon erzählt, und dann will man unweigerlich mehr wissen.

»Komm«, fährt sie fort, »lass uns was trinken! Ich will dir Kat vorstellen. Ich habe ihr, na logo, *alles* über dich erzählt. Sie ist unten am Pool.«

Ich schaue auf die Uhr. Noch vier Stunden bis zur Trauung und noch drei bis zum Empfang, also habe ich noch mindestens eine Stunde Zeit, bevor ich mich fertig machen muss. Das Zimmer hat ein Vermögen gekostet, und ich habe, um die Trennung zu feiern, ein Upgrade gebucht: King Suite statt Doppelzimmer! Doug wäre vollkommen entsetzt. Solange ich hier bin, will ich mindestens ein luxuriöses Schaumbad genießen, ein Glas eisgekühlten Champagner in der Hand, und die »Going to the Chapel«-Playlist hören, die ich extra zusammengestellt habe, um in Stimmung zu kommen.

»Sie bringen deine Sachen auf dein Zimmer, du musst dir darüber keinen Kopf machen«, fügt Anastasia hinzu.

»Dann mal los!«, sage ich und stelle fest, dass sich Schweißperlen auf meiner Stirn bilden. Es ist die heißeste Zeit des Tages, über dreißig Grad, sogar hier, in der Hügellandschaft. »Vielleicht sollte ich meinen Badeanzug holen. Oder meinst du, es fällt jemandem auf, wenn ich mich im BH sonne?«, scherze ich. »Er ist schwarz.«

Anastasia gackert vergnügt, während sie so tut, als würde sie mir ins Dekolleté schauen.

»Ich bestehe darauf!«, kichert sie. »Mir sind schon mindestens drei Gäste aufgefallen, die genau dein Typ sind, also können wir gleich loslegen und ihre Aufmerksamkeit auf dich lenken.«

Ich bin nicht unbedingt auf der Suche nach einer Affäre. Sollte es sich aber zufällig ergeben, hätte ich rein gar nichts gegen einen Flirt mit einem gut aussehenden Mann einzuwenden. Wenn man als Single auf einer Hochzeit ist, gehört das doch zum Spaßpaket dazu, oder etwa nicht? Ganz zu schweigen von dem Fall, dass man als Single auf einer Hochzeit in einer toskanischen Burg ist, kurz nachdem eine Beziehung zu Ende gegangen ist, die schon vor Monaten hätte enden sollen. Ich bin hier, um *Spaß* zu haben, ich will endlich wieder unbekümmert sein. Ich bin bereit.

»Oh«, sage ich lachend, »na, das passt ja perfekt zu meinen Zielen für dieses Wochenende!«

»Das habe ich mir schon gedacht«, schießt Anastasia zurück, und wir johlen und freuen uns auf das, was uns erwartet.

2
Birchy

»Was stinkt denn hier so?«

Mein Bruder Charlie schaut sich mit angewidertem Gesicht im Minivan um, sein Blick landet auf mir und dem undeutlichen weißen Fleck am unteren Rand meines zerknitterten Hemdes.

»Dein jüngster Sohn hat seine Milch auf mir verschüttet«, sage ich mit zusammengebissenen Zähnen.

»Riecht wie Kotze«, ist sein überflüssiger Kommentar, als er sich auf seinen Platz setzt. Jeder weiß, dass Milch bis zum Himmel stinkt, wenn sie trocknet. Und jeder, der Nasenlöcher hat und das bisher noch nicht wusste, weiß es jetzt. Meine Schläfen pulsieren, und hinter meinen Augen pocht der Schmerz. Ich sollte etwas Wasser trinken. Wahrscheinlich bin ich dehydriert. Kein Wunder, bei dieser Hitze.

Ich versuche noch einmal, das Fenster neben meinem Sitz zu öffnen. Es klappt nicht. »Hey«, rufe ich, sodass mich jeder in Hörweite verstehen kann, »hat jemand einen Schluck Wasser für mich?« Meine gesamte Familie ignoriert mich. Natürlich. Ich bin nur der mürrische Onkel Sam, der bereits die Stimmung kaputt gemacht hat, als er die Flugbegleiterin angeschrien und seine Schwester zum Weinen gebracht hat.

»Liebling«, sagt meine Mutter und schiebt das Buch und das Telefon beiseite, die ich absichtlich auf den Platz neben mir gelegt habe, um klarzumachen, dass er besetzt ist. »Erklär es mir bitte nur noch ein einziges Mal. Ich verstehe nicht, warum Ella heute nicht aufgetaucht ist. Was hast du *getan*?«

Sie spricht von meinem Date für die Hochzeit. Das Date, das mich heute Morgen versetzt hat. Als ich angerufen habe, hat Ella gesagt, sie habe jemanden kennengelernt. Sie könne nicht guten Gewissens mit mir und der ganzen Birch-Familie zu einer Hochzeit fliegen, wenn sie wisse, dass sie mich danach verlassen werde. Was ist schlimmer? Mum zu sagen, dass ich eine Frau nicht halten kann, oder sie glauben zu lassen, ich hätte etwas angestellt? Ich habe Ella umgarnt wie eine Prinzessin, ich habe immer angerufen wie versprochen, habe das nächste Treffen immer lange im Voraus geplant. Es ist Zeit, dass ich mich fest binde – das weiß ich, dafür brauche ich keine verdammte Erinnerungshilfe durch meine Mutter –, also war ich sehr vorsichtig mit Ella. Ich habe mit Bedacht gehandelt und wirklich mein Bestes gegeben. Darin steckt eine gewisse Ironie: Meine Zwanziger hindurch habe ich enge Bindungen stets vermieden und wahrscheinlich sogar mehr Herzen gebrochen, als ich wahrhaben möchte – und sobald ich dann eine Frau wirklich mag und es ihr auch sage, werde ich abserviert. Der einzige kleine Trost an der Geschichte: Ich hatte sie meiner Familie sowieso noch nicht vorgestellt. Ich weiß nicht recht, was nun gekränkter ist – mein Herz oder mein Ego. Ich kann es wirklich nicht sagen.

»Ich kriege das Fenster nicht auf«, sage ich und mache klar, dass ich mich nicht auf ein Gespräch über Ella einlassen werde. »Warum kriege ich dieses verdammte Fenster nicht auf?«

Ich wackle wieder hin und her, länger als unbedingt nötig, und als ich mich umdrehe, ist meine Mutter weg, und mein Stiefvater sitzt an ihrer Stelle.

»Hier, mein Junge«, sagt er und bietet mir eine kalte Flasche Mineralwasser an. Ich mag meinen Stiefvater. Er spricht nicht viel, aber seit ich zehn war, weiß ich, dass er auf seine Art für mich da ist. Ich nehme das Wasser mit einem Lächeln an, das eher einer Grimasse gleicht, und bin dankbar, dass ich, wenn er mein Sitznachbar ist, nicht smalltalken muss. Alles, was ich will, ist, vor der Trauung noch Zeit für ein kaltes Bier zu haben und in den Pool zu springen, damit ich diesen ganzen schrecklichen Tag von mir abwaschen und neu beginnen kann. Mehr nicht. Ich weiß, dass ich heute unverschämt war und die Menschen, die mich lieben, gekränkt habe, und wenn ich es könnte, würde ich sofort den Reset-Knopf drücken. Ich brauche einfach eine halbe Stunde für mich, um ungestört in Selbstmitleid zu schwelgen, und dann bin ich wieder topfit. Nur eine halbe Stunde. Das ist ja wohl nicht zu viel verlangt.

Eine halbe Stunde, wiederhole ich wie ein Mantra. Dreißig Minuten allein, und es geht mir wieder gut.

»Wow, seht euch das mal an«, sagt meine Schwester Esme, während wir uns die Hügel weiter entlangschlängeln und dann in Richtung Burg abbiegen. Sie klingt ehrfurchtsvoll, und das zu Recht. Es ist ja nicht so, dass ich noch nie in Italien gewesen wäre, aber dieser Teil der Toskana ist eine ganz andere Welt. Sogar meine Neffen werden mucksmäuschenstill, als sich der majestätische Anblick einer echten italienischen Zitadelle vor uns auftut. Als der Minivan langsamer wird, sind alle in Staunen erstarrt, und ich wittere meine Chance. Ich springe auf und hechte nach draußen, noch bevor wir ganz angehalten haben.

»Muss das wirklich sein, Sam?«, höre ich Mum schimpfen, während ich mich aus dem Staub mache. Ich gehe davon aus, dass jemand, der mit mir verwandt ist, meinen Koffer schon dorthin stellen wird, wo er hingehört, und folge eilig dem Schild zur Rezeption. Dort sagt man mir, dass ich mich unten am Pool umziehen könne und dort auch ein Handtuch bekäme. Während ich durch das Gebäude schreite und mich dem Außenbereich nähere, kann ich schon etwas tiefer einatmen.

Eine halbe Stunde. Ich brauche nur eine halbe Stunde.

Vermutlich machen die meisten Gäste bereits eine Siesta, denn am Pool ist nur eine Handvoll Leute – was für eine Erleichterung! Das Wasser glitzert, als wäre es mit Sternen übersät, und lockt mich an, lockt mich hinein. Zwar habe ich meine Badehose und meine Schwimmbrille im Rucksack, ich sehe aber nicht, wo ich mich umziehen kann. Und ich habe keine Lust, irgendjemanden danach zu fragen. Ich schaue mich scheu um und überlege hin und her.

Da mich eh niemand beachtet, beschließe ich, mich so umzuziehen. Schnell streife ich meine Shorts ab und ziehe die Badehose über den Boxershorts an.

Ich denke, dass ich unbemerkt damit durchkomme, aber am anderen Ende des Pools hat mich eine Gruppe von drei Frauen hinter ihren Sonnenbrillen beobachtet. Sie heben nun ihre Gläser in meine Richtung und rufen »Woo-hooo!«, wie eine Gruppe Jungs auf Sauftour. Die sind sicher schon dicht. Na toll.

»Danke für die Show!«, ruft die Blonde, als würde es irgendeinen Unterschied machen, ob man einen Mann in Shorts oder in Badehose sieht. Sie könnten sich in BHs statt in Bikinis sonnen, ich würde den Unterschied nicht merken. Ich weiß nicht, was in mich gefahren ist, aber nachdem ich die Badeshorts zugebunden habe, recke ich mein Kinn vor und zeige ihnen den Mittelfinger.

Die drei Frauen kreischen schockiert und lachen dann noch mehr. Als ich aber meine Schwimmbrille aufsetze und ins tiefe Ende des Pools tauche, geht ihr Getöse unter, als hätte ich die Stummtaste bei einem Zoom-Anruf gedrückt. Nichts anderes existiert mehr außer dem Wasser. Während ich beim Schwimmen ein- und ausatme, merke ich, dass ich zum ersten Mal an diesem Tag richtig da bin.

3

Izzy

Ich stehe verwirrt da, eingehüllt in einen Hotelbademantel, der flauschiger ist als ein Bichon frisé, und stelle fest, dass man mir den falschen Koffer gebracht hat.

Von außen sieht er aus wie der, den mir meine Schwägerin geliehen hat: ein marineblauer Away-Hartschalenkoffer mit einem passenden marineblauen Anhänger. Ich habe ihn mit der Vierzifferkombination ihres Geburtstags geöffnet, so wie sie es mir gezeigt hat. 1–3–0–2. Aber mein Partykleid ist nicht drin. Meine Schminktasche auch nicht und ebenso wenig das wunderschöne Seidennachthemd aus den 1930ern, das ich in meinem Lieblingsvintageladen in Islington gefunden habe. Das ist eindeutig ein Männerkoffer. Er ist voller Karos und Blautöne, und obenauf liegt ein Paar glänzender hellbrauner Leder-Brogues. Sie sind riesig und nehmen fast die gesamte Länge des Koffers ein. Ich beäuge sie anerkennend und denke an den Spruch über große Männerschuhe.

Ich nehme den Hörer ab und rufe bei der Rezeption an.

»Man hat mir den falschen Koffer gebracht«, erkläre ich, während eine sehr geduldige Frau vom Italienischen ins Englische wechselt und mich fragt, wie sie helfen könne. »Es hat eine Verwechslung gegeben. Einen Mix-up. Ein anderer Gast muss *meinen* Koffer haben. Hat sich jemand gemeldet?«

»Sie haben den falschen Koffer?«, fragt sie nach, und als ich Ja sage, brummelt sie: *»Ma che cazzo, Eleanora«,* als ob das nicht zum ersten Mal passiere. »Einen Moment, ja? *Arriviamo.*«

Ich nehme an, das heißt, dass gleich jemand kommen würde.

»Okay«, sage ich. »*Grazie.* Danke.«

Ich lege auf und setze mich auf die Bettkante. Ich habe gebadet und meinen Champagner getrunken. Und nun? Hoffentlich kommt gleich jemand – ich habe einen Zeitplan, und ich hasse es, mich beeilen zu müssen, um fertig zu werden. Ich will nicht runtergehen müssen, bevor sich mein Make-up gesetzt hat, oder schwitzen, weil ich in letzter Minute losrennen musste. Ich bin wütend auf mich selbst, weil ich den Koffer nicht schon geöffnet habe, bevor ich in die Badewanne gestiegen bin, also vor einer halben Stunde. Ich war so angetan von den ausgefallenen Badeölen und -kugeln am Beckenrand, dass ich meine eigenen nicht gebraucht habe. Hätte ich in den Koffer geschaut, hätte ich früher gemerkt, dass es eine Verwechslung gegeben hat. Ich nehme den Hörer wieder ab.

»Ich wette zehn Dollar, das ist Izzy«, sagt Anastasia am anderen Ende.

»Woher wusstest du das?«, quietsche ich. »Das ist ja seltsam.«

»Anruferkennung!«, meint sie nur, und ich lache wieder.

»Ich dachte schon, du kannst hellsehen«, sage ich.

»Keineswegs«, entgegnet sie. »Ich kann nur lesen, dass der Anruf aus Zimmer zwölf kommt.«

Ich erkläre ihr, dass ich den falschen Koffer habe, dass jemand zu mir hochkommt und dass ich bereits einen Blick auf den Inhalt des Mix-up-Koffers geworfen habe.

»Ein wunderschönes Hemd«, verrate ich, »soweit ich das sehen kann. Ich will nicht alles durcheinanderbringen, aber außerdem ist da noch ein total durchorganisierter Kulturbeutel mit ganz vielen Mini-Aesop-Fläschchen. Alle voll, als ob sie gerade erst gekauft worden wären.«

»Ein Mann, der die guten Dinge des Lebens zu schätzen weiß«, sagt Anastasia bewundernd. »Mitte dreißig, würde ich sagen. Jung genug, um zu wissen, was Aesop ist, und alt genug, um es sich leisten zu können.«

»Du solltest deine eigene Detektivshow haben.«

»Aber dann würde meine Identität bekannt werden.«

»Stimmt«, sage ich. »Uff, wo bleiben die denn? Ich muss mit dem Make-up loslegen! Und wenn ich mein Haar nicht bald föhne, kräuselt es sich und wird wuschelig, und ich kann nicht mit krausem und wuscheligem Haar zu dieser Hochzeit gehen. Das lehne ich kategorisch ab.«

Wie aufs Stichwort klopft es an meiner Tür. Ich taste mich vor, um zu öffnen, und klemme den altmodischen Telefonhörer zwischen Schulter und Wange. Ich schaue hinunter zu den Füßen der Hotelangestellten. Sie hat meinen Koffer nicht dabei.

»Ich komme wegen falschen Koffer«, sagt sie, und ich sehe, dass auf ihrem Namensschild *Eleanora* steht.

»Aber wo ist meiner?«, frage ich.

»Wir nicht haben. Kommt sicher bald.«

Anastasia kreischt mir ins Ohr: »Gib ihr den Koffer nicht! Es ist besser, du hast den falschen Koffer als gar keinen!«

Ich verstehe, was sie meint. Ich weiß, dass es unanständig ist, aber wenigstens kann ich diesem geheimnisvollen Mann einen Klecks Zahnpasta aus dem Koffer klauen, wenn ich sie wirklich brauchen sollte. Ich denke rasch nach.

»Ähm«, sage ich und überlege, was am besten ist. »Können wir nicht einfach warten, bis Sie meinen gefunden haben? Sagen Sie ihm bitte, wer auch immer es ist, er soll damit direkt hierherkommen, und dann können wir tauschen.«

Eleanora schaut mich unsicher an, während mir Anastasia ins Ohr zischt: »Ooooh, vielleicht ist er ja ganz süß!«

»Ist das okay?«, drängle ich, und Eleanora zuckt mit den Schultern und nickt dann. Ich habe das Gefühl, dass ihr Gehalt so niedrig ist, dass sie sich nicht wirklich verantwortlich fühlt. Ich schließe die Tür und löse das Handtuch, das um meinen Kopf gewickelt war, schüttle mein Haar und betrachte mein Spiegelbild.

»Wer auch immer meinen Koffer hat, *muss* inzwischen gemerkt haben, dass es sich um einen Irrtum handelt«, spreche ich in den Telefonhörer. Ich fahre mit den Fingern durch die blonden Knoten und kraule meinen Haaransatz. »Das ganze Hotel ist doch nur für Sarahs und Adrianos Hochzeit gebucht, oder? Also muss es ein anderer Hochzeitsgast sein.«

»Ganz sicher«, beruhigt mich Anastasia. »Das wird sich schon klären, atme einfach weiter tief ein. Kannst du dir nicht die Haare machen, bevor dein Make-up kommt? Wir haben Bürsten und Haarspray hier, wenn du sie ausleihen willst. In deinem Badezimmerschrank müsste ein Föhn sein. Bei uns zumindest war er dort.«

»Habt ihr ein Glätteisen?«

»Kat hat eins.«

»Großartig«, sage ich. »Ja, ich kann mir die Haare zuerst machen. Aber, ähm, könntest du mir die Sachen bitte herbringen? Ich will keine Umstände machen, aber ich sollte hierbleiben, falls es an der Tür klopft.«

»Du *machst* Umstände«, sagt Anastasia. »Aber schon gut, ich bin in fünf Minuten da.«

»Du bist meine Heldin«, sage ich.

Sie seufzt theatralisch. »Das sagen sie alle.«

4

Birchy

»Aber«, erkläre ich der gelangweilt dreinblickenden Frau namens Eleanora an der Rezeption, »ich war gerade oben, und es hat niemand aufgemacht.«

»Zimmer zwölf?«, fragt sie, und ich nicke.

»Zimmer zwölf«, wiederhole ich.

Nach dem Schwimmen habe ich mich gefühlt wie neugeboren. Ich bin hin und her geschwommen, eine Bahn nach der anderen, so schnell ich konnte. Als ich fertig war, war ich der Letzte im Poolbereich, und die Sonne hatte sich um ein gutes Stück verschoben. Ich habe ein Bier getrunken und die Aussicht genossen, mir dann meinen Weg durch das Hotel über die Lobby gebahnt, wo ich mein schmutziges Hemd bei der Overnight-Reinigung abgegeben habe und wo mir gesagt wurde, dass mein Koffer bereits oben auf mich warte.

Aber es war nicht mein Koffer. Ich konnte ihn zwar mit meinem Zahlencode öffnen, aber im Inneren waren mehrere durchsichtige Plastiktaschen mit Reißverschluss, alle beschriftet und geordnet und definitiv nicht meine. Der eine mit der Aufschrift *Hochzeitsoutfit* enthielt eine Kombination aus luftigem Kleid und spitzen High Heels, der mit der Aufschrift *Der Morgen nach der Nacht davor* sah aus, als sei er mit Jeans-Shorts und weißen Sneakers gefüllt, die so winzig waren, dass sie einem Kind gehören könnten. In *Cremes & Co.* waren kleine Fläschchen mit abgefüllten Produkten, die alle mit dem gleichen kursiven Schriftzug gekennzeichnet waren. Das Einzige, was nicht ordentlich verpackt war,

war eine Packung Kondome – »gerippt, für Ihr Vergnügen«. Sie war in die Reißverschlusstasche gestopft worden, als wäre sie ein nachträglicher Einfall gewesen, zusammen mit einem ramponierten alten Teddy. Ich hoffte, zwischen den beiden bestand keine Verbindung. Ich hatte geduscht, meine schlechte Laune hatte sich endlich gebessert, und dann *das.* Mir war der Koffer einer x-beliebigen Frau gebracht worden, und sie hatte wahrscheinlich meinen. Aber als ich zu dem Zimmer ging, zu dem mich die Rezeption geschickt hatte, war niemand da.

»Ich habe mehrmals geklopft«, erkläre ich Eleanora. »Vielleicht hat die Dame gerade einen Föhn benutzt und mich nicht gehört. Aber ich habe etwa zehn Minuten gewartet, bestimmt sogar fünfzehn. Eine Ewigkeit! Oder war es vielleicht das falsche Zimmer? Könnten Sie bitte noch einmal anrufen? Ich würde wirklich gerne meine Sachen holen.«

Eleanora sieht gelangweilt und abwesend aus. Mein Problem scheint sie nicht wirklich zu interessieren, obwohl ich in Hotelslippern und Bademantel vor ihr stehe. Eine falsche Bewegung, und ich werde wegen unsittlicher Entblößung verhaftet, was, so wie sich dieser ganze Tag entwickelt hat, durchaus möglich wäre.

»Ach, wissen Sie was?« Ich fälle eine Entscheidung, während ich ihr teilnahmsloses Gesicht studiere. Wenn du willst, dass etwas erledigt wird, dann kümmere dich selbst drum! – so bringe ich es meinem Team im Krankenhaus bei. »Machen Sie sich keine Umstände. Ich gehe wieder hin und versuche es noch einmal, und wenn das nicht klappt, gehe ich von Tür zu Tür, wenn es sein muss. Ich habe keine Zeit für so was. Ich brauche meinen Anzug! Wie viele Zimmer gibt es hier?«

»Hundertdreiunddreißig, Sir.«

Okay. Na gut. Vielleicht warte ich doch, bis sie noch einmal anruft.

»Das ist ja mal ein Look, Birchy Boy«, höre ich eine Stimme hinter mir, als Eleanora zustimmt, noch einmal in Zimmer zwölf anzurufen. Ich drehe mich um, und da steht Adriano in seinem Hochzeitsoutfit vor mir und grinst wie ein Honigkuchenpferd.

»Mein Lieber, wie geht's dir?«, sage ich, stoße mit meiner Faust gegen seine und umarme ihn kurz. »Du siehst ja geil aus! Richtig, richtig cool!« Ich fasse an sein Revers und merke, dass er sich nicht hat lumpen lassen. Sein Bart ist perfekt gestutzt, und er ist ein bisschen gebräunt, so als hätte er ein paarmal auf der Sonnenbank gelegen. Ich kenne Adriano schon mein ganzes Leben. Obwohl er mittlerweile in Toronto lebt, kennen sich unsere Familien schon seit Ewigkeiten, denn sie sind direkte Nachbarn in Thirsk bei York. Ich weiß, dass er sich morgens meistens wachfurzt und dass er beschnitten werden musste, nachdem sich sein Pimmel in seinem Reißverschluss verfangen hatte. Als das passiert ist, waren wir fünfzehn und absolvierten gerade das Jugendprogramm Duke of Edinburgh Award. Wir spielten »Lost Soldiers« im Wald hinter dem Dorf.

Ich habe ihn nie glücklicher erlebt als mit Sarah. Am Morgen nach ihrem ersten Date rief er mich an – was an sich schon seltsam war, weil wir normalerweise nicht telefonierten – und sagte, er habe die Frau getroffen, die er heiraten würde. Ich frage mich, wie das ist, wenn man diese Klarheit hat. Wie das ist, wenn man sich seiner Zukunft so sicher ist. Es muss schön sein, ein Team zu bilden, jemanden zu haben, der auf deiner Seite ist. Mein Herz schmerzt. Wenn Ella hier wäre, hätte ich wenigstens jemanden, der mir hilft, das Ganze auch von seiner lustigen Seite zu betrachten. Aber gerade weil sie nicht hier ist, kann ich das nicht. Sie war am Telefon so *kalt*. So geschäftsmäßig sachlich. Als ob es ihr völlig egal wäre. Ich habe gedacht, wir wären irgendwie verbunden, aber da habe ich mich wohl getäuscht, denn für sie war das, was wir hatten, etwas ganz anderes. Wie konnte ich mich nur so gewaltig täuschen? Warum fällt es allen anderen so viel leichter, eine Freundin zu finden?

»Danke, Dude«, sagt Adriano. »Ich habe ein bisschen trainiert, und schau mal, ich habe mir die Zähne machen lassen!« Er grinst mich an und zeigt mir sein strahlend weißes Gebiss. »Das hat mich fast einen Riesen gekostet, und sie sind jetzt so empfindlich, dass ich kein Eis essen oder Tee trinken kann, aber sie sehen richtig gut aus, oder?« Ich bestätige es. Dann sieht er mich prüfend von oben nach unten an und fragt: »Kommst du so, oder …?«

Ich schaue an mir runter, um zu sehen, was er meint.

»Also, Bademäntel sind in dieser Saison der heiße Scheiß, hast du das nicht mitbekommen? Sie sind überall auf den Mailänder Laufstegen«, grinse ich. Ich beschließe, ihn nicht mit dem wahren Grund zu belästigen, warum ich wie Hugh Hefner gekleidet durch die Gegend laufe, das wird sich eh bald klären. Hoffentlich. »Wenn ich dir zu modebewusst bin …«

Er schüttelt gutmütig den Kopf. »Wegen mir musst du dir keine Sorgen machen. Es ist nur so …«

»Was meinst du?«

Adriano reibt sich den Bart. »Sarah möchte, dass du ihre Freundin kennenlernst. Angeblich seid ihr wie füreinander geschaffen.«

»Das bezweifle ich«, sage ich und schüttle den Kopf. »Du weißt, dass ich mit jemandem hätte hier sein sollen, oder?«

»Charlie hat mir erzählt, dass du versetzt worden bist. Das ist brutal, Mann.«

»Ja, das ist es. Richte Sarah doch aus, dass es für mich ein bisschen zu früh ist, verkuppelt zu werden.«

»Sie wird sich auf ihre Rechte als Braut berufen«, lacht Adriano.

»Dann berufe ich mich auf meine Rechte als der, der erst vor sechs Stunden in die Tonne gekloppt wurde.«

»Ich glaube, das kann man gelten lassen.«

Ich tue so, als würde es nicht wehtun, als würde ich mir Witze ganz einfach aus dem Ärmel schütteln können, aber es tut weh. Ich fühle mich beschissen, allein hier sein zu müssen. Welcher Mann hat kein Date für eine Hochzeit? Für die Hochzeit seines besten Freundes? Ich könnte Charlie dafür umbringen, dass er es verraten hat. Brüder sollten aufeinander aufpassen. Bei ihm läuft alles bombig: verheiratet, zwei Kinder, Haus in der Vorstadt. Es heißt, dass Männer in eine feste Bindung hineingetrickst werden müssten, aber die meisten Männer, die ich kenne, finden es super. Sie lieben den samstäglichen Rugbyclub ihrer Juniors, die Gutenachtgeschichten und den kalten Tee, den sie am Vatertag serviert bekommen, selbst wenn es sie in den Wahnsinn treibt. Ich weiß nicht, wie es dazu gekommen ist, dass ich der einzige Single in unserer Freundesgruppe bin. Es ist, als wäre ich aufs Klo gegangen, als alle beschlossen haben, sich zu verloben, und als ich zurückgekommen bin, war ich der Letzte, der übrig geblieben ist.

Ein älteres Paar in feinsten Kleidern geht an uns vorbei. In einer halben Stunde sollen wir uns alle im Innenhof zusammenfinden, für Drinks und Kanapees vor der Trauung. Sie sind früh dran, aber wenn ich mich nicht beeile, dann wird nicht nur jeder wissen, dass ich ein Miesepeter und der vor Kurzem Verlassene bin, sondern auch der, der sich verspätet. Die Uhr tickt.

»Adriano«, sagt die Frau und winkt ihm zu. Er sieht mich an und sagt: »Wir sehen uns, sobald du angezogen bist, okay? Bis zu deiner Rede schaffst du das, oder?«

Adriano war sehr diplomatisch, als er mir gesagt hat, dass er seine beiden Brüder und Sarahs Bruder bitten würde, seine Trauzeugen zu sein. Mich hat er gefragt, ob ich bei der Trauung ein paar Worte sagen könnte, um ebenfalls Teil der Zeremonie zu sein.

»Du wirst heulen wie ein Schlosshund«, sage ich, grinse und ziehe ihn für eine weitere Umarmung an mich. »Es ist pure Poesie, Dude. Da wird kein Auge trocken bleiben.«

Er rollt mit den Augen, als er sich zurückzieht. »Keine Reime und keine Einbeziehung des Publikums – du hast es mir versprochen.«

Ich zucke mit den Schultern. »Das wirst du dann schon sehen.«

Er hebt eine Hand, um dem Paar zuzuwinken, das seinen Namen gerufen hat – dem Akzent nach zu urteilen sind es Verwandte von Sarah –, und sagt mir, dass wir uns sehen, sobald ich fertig bin.

»Addy?«, sage ich, als er sich wegdreht.

Er dreht sich wieder um.

»Ihr habt Glück, dass ihr euch gefunden habt. Verdammt gut gemacht, Alter! Ich freue mich sehr für euch. Das ist einfach Wahnsinn.«

Er grinst, und ich schwöre, dass eine Träne in seinem Auge glitzert.

»Mr Birch?«, unterbricht mich Eleanora. Die hatte ich ganz vergessen.

»Ja«, sage ich und nehme Blickkontakt mit ihr auf. »Hat sie abgenommen?«

»Die Leitung war besetzt, Sir. Aber das muss heißen, dass sie da ist. Ich denke, jetzt guter Zeitpunkt, um es noch einmal zu probieren.«

Ich seufze, ehrlich gesagt ein bisschen dramatischer, als es die Situation erfordert. Aber ich verstehe einfach nicht, warum ich so eine Pechsträhne habe. Nichts läuft so, wie ich es mir vorgestellt habe. Ich will meinen Koffer haben. Die einzige Unterwäsche, die mir im Moment zur Verfügung steht, ist klatschnass, weil ich darin geschwommen bin, und ich bin in Sneakers gereist. Ich kann nicht in nasser Unterwäsche und in Sneakers vor all den Leuten stehen – ganz zu schweigen davon, dass ich kein Hemd habe, weil ich es in der Reinigung abgegeben habe. Ich brauche meine Sachen! Meine trockenen, gut geschnittenen, hochzeitstauglichen Sachen!

»Okay«, sage ich genervt. »Ich versuche es noch einmal.«

Ich gehe los – gar nicht leicht, es würdevoll zu tun, wenn man in Hotelslippern steckt und der Boden mit Teppich ausgelegt ist –, und ich weiß, dass ich mich gerade wie ein Idiot benommen habe. Ich werfe einen letzten Blick auf Eleanora und korrigiere meinen Tonfall: »Vielen Dank für Ihre Hilfe, Eleanora.«

5

Izzy

Ich klopfe an Anastasias Tür.

»Ich kann nicht glauben, dass du mich den ganzen Weg hast laufen lassen!«, rufe ich aus, als sie die Tür öffnet, ihr dunkles Haar immer noch in riesigen Lockenwicklern. Sie ist aber vollständig bekleidet in einem hautengen, ärmellosen schwarzen Jumpsuit mit einer Fliege um den Hals. Dazu trägt sie passende schwarze Peeptoes. Es ist ihre Interpretation eines formellen Anzugs, und es sieht grandios aus. Ich glaube, sie trägt sogar Körperglitzer. Sie geht zur Seite, um mich reinzulassen.

»Ach komm, hör auf zu jammern«, entgegnet sie und wartet auf ein Kompliment. »Ich wollte nicht ein zweites Mal runterkommen, nicht in diesen Schuhen. Tut mir leid, Darling.«

Ihre Frau Kat blickt nicht auf, sondern tuscht sich weiter die Wimpern. Sie hat nur einen BH und einen dazu passenden Tanga an. »Hey, Izzy«, sagt sie. »Tut mir leid mit deinem Koffer.«

Ich sage »hey« zu ihrem Rücken beziehungsweise zu ihrer Poritze, wenn ich ehrlich bin. Es ist schwierig, sie nicht anzustarren.

»Ich habe noch mal unten an der Rezeption angerufen, um zu hören, ob es was Neues gibt, aber es war besetzt«, erkläre ich, schließe die Tür hinter mir und lehne mich dann dagegen. Oh Gott, Anastasia sieht wirklich gut aus. Sie hat die Figur von Gisele aus der Zeit, als sie mit Leonardo DiCaprio zusammen war, und sie arbeitet in der Kommunikationsabteilung des kanadischen Premierministers. Das ist einfach nicht fair. Stell dir vor, dein Job ist es, den ganzen Tag mit Justin Trudeau rumzuhängen. Das ist für meine Verhältnisse völlig abgefahren! Ich habe mit fünfjährigen Kindern zu tun. Ich liebe meinen Job, aber am letzten Schultag musste ich einem Schüler buchstäblich den Hintern abwischen, nachdem er sich vor lauter Vorfreude auf die Sommerferien versehentlich in die Hose gemacht hatte. »Ich gebe zu, dass ich jetzt ein bisschen in Panik bin, also danke, dass ich in euren Schminktaschen stöbern darf. Ich habe Concealer und Lippenstift in meiner Handtasche, aber die besten Sachen sind in meinem verdammten Koffer.«

Ich beobachte, wie Kat ihr Augen-Make-up fertigstellt und ihr Gesicht mit Fixierspray einsprüht. Dann packt sie ein prall gefülltes Samttäschchen aus der Frisierkommode, und als sie es mir überreicht, blockt Anastasia es ab und sieht mich erwartungsvoll an.

»Du siehst alt und ausgemergelt aus«, sage ich zu Anastasia und lösche ihren Durst. »Ganz furchtbar. Wenn deine Beine noch länger wären, wärst du eine Giraffe.«

Sie grinst zufrieden. »So gut also?«

»So gut«, gebe ich zu, und Kat winkt mit dem Schminktäschchen, um uns daran zu erinnern, dass sie auch noch da ist.

»Hallo?!«, sagt sie ungeduldig.

»Sorry«, sage ich und nehme meine Beute entgegen. »Danke.«

»Bedien dich. Da ist ein schönes Creme-Rouge drin, das dir sehr gut stehen würde. Deine Haare gefallen mir auch sehr gut, sie sind viel blonder als auf den Fotos. Du siehst *umwerfend* aus.«

Ich betrachte mein Spiegelbild.

»Danke«, antworte ich und streiche sie glatt. »Durch das Bleichen sind sie etwas stumpf geworden. Sie haben so lange gebraucht, um zu trocknen, dass ich vom Föhnen einen

Schulterkrampf bekommen habe.« Ich luge in das Täschchen, das Kat mir gegeben hat. Um ehrlich zu sein, ist es eine bessere Make-up-Sammlung als meine. Glück gehabt! Ich füge hinzu: »Ganz zu schweigen davon, dass ich auf einem Ohr taub geworden bin. War euer Föhn auch so laut?«

»Sehr laut«, sagt Anastasia.

Kat stylt sich die Haare und legt Lippenstift auf. »Ich habe nachgedacht«, sagt sie, schmatzt mit den Lippen und dreht dann ihren Waschbrettbauch und ihre frechen Brüste zu uns. »Für den schlimmsten Fall habe ich ein Ersatzpaar High Heels dabei. Wenn dein Koffer nicht auftaucht …«

»Sag das nicht«, mahnt Anastasia. »Der kommt schon noch.« Sie sieht mich an. »Er wird kommen!«, beharrt sie.

»Stimmt«, sage ich. »Ja. Er könnte jetzt schon da sein. Ich sollte zurückgehen.« Meine Hand liegt auf dem Türknauf, als ich innehalte. »Aber …«, fange ich an, unfähig zu widerstehen. »Zeigst du mir vielleicht doch die Schuhe, nur für den Fall …?«

»Aber was willst du dazu anziehen?«, fragt Anastasia, als Kat mir ein Paar silberne Riemchenschuhe hinhält.

Kat klärt mich auf: »Ich habe diese und ein paar pinke. Aber ich denke, die pinken passen besser zu meinem Kleid.«

»Hättest du … hättest du auch ein Ersatzkleid?«

Kat sieht mich an. Sie muss es nicht laut aussprechen: Es ist klar, dass sie ein Ersatzkleid hat, aber es würde mir nicht passen. Sie ist winzig. Das Einzige, das an mir klein ist, sind meine Füße und meine Taille. Meine Brüste sind praktisch so groß wie ihr Kopf, und in meine breiteste Stelle an den Hüften könnten zwei Kats hineinpassen.

»Ja, natürlich …«, bestätige ich ihren Blick. »Na, dann hoffen wir mal, dass mein Koffer auftaucht. Ich könnte die Schuhe sonst einfach zu einem Hemd aus dem Koffer dieses Typen tragen. Und dazu ein paar Ohrringe aus dem Geschenkeladen. Das könnte hinhauen.«

»Dein Koffer wird auftauchen«, wiederholt Anastasia. »Die Glücksfee ist immer auf deiner Seite.«

»Ich wollte nur, dass dieses Wochenende perfekt wird …«

»Ja, natürlich, das weiß ich doch.« Anastasia grinst. »Seit wir uns kennen, bist du so. Erinnerst du dich an deinen einundzwanzigsten Geburtstag, kurz bevor wir aus Toronto abgereist sind? Niemand außer dir durfte die Party organisieren, *du* musstest absolut alles in der Hand haben. Als ob wir es nicht auch gut hinbekommen hätten …«

»Es ist nicht so, dass ich niemandem vertraue«, schmolle ich und merke sogleich, dass sogar Kat weiß, dass das nicht stimmt. »Okay, gut, ich sag es anders.« Ich denke rasch nach. »Ich vertraue niemandem so sehr, wie ich mir selbst vertraue, das ist alles. Die Person, die am besten weiß, was mir gefällt, das bin ich selbst.«

Kat steigt in das Chiffon-Midikleid, das am Schrank hing, und bittet Anastasia leise, den Reißverschluss zuzuziehen. Anastasia gehorcht und küsst sie in den Nacken. Es wirkt wie eine ganz normale, reflexartige Geste, sie hat es getan, ohne darüber nachzudenken. Die beiden sind glücklich miteinander. Sie haben diese Intimität, die alle glücklichen Paare haben, die sich gegenseitig ergänzen. Sie sind verliebt. Selbst das Anziehen ist romantischer, wenn man verliebt ist.

»Eines Tages wirst du erkennen, dass man nicht alles planen kann.«

»Das ist doch albern«, entgegne ich. »Natürlich kann man das. Darf ich dich daran erinnern, wie gut wir gegessen haben, als wir Sarah das erste Mal in Rom besucht haben? Das lag daran, dass ich mir die Zeit genommen hatte, die beste Pizzeria, den Ort mit dem besten Gelato und dem besten Kaffee zu recherchieren!«

»Boah, war der Kaffee gut«, stimmt Anastasia zu.

»Man *stolpert* nicht einfach in die guten Dinge. Man muss für gute Dinge selbst sorgen.«

»In welchem Podcast hast du das denn gehört?« Kat kichert und schnürt ihre Schuhe.

»Kat, du solltest auf meiner Seite sein! Du darfst nicht zulassen, dass Anastasia mich und meine Teamleiter-Qualitäten lächerlich macht! Von wem erfährst du denn sonst, in welchem Dorf hier in der Nähe es die beste *Torta della Nonna* gibt?«

Die beiden sehen sich an.

»Da hast du recht«, sagt Kat und lächelt. »Anastasia, sei nett zu Izzy.«

Anastasia rollt mit den Augen. »Schön«, sagt sie und bückt sich, um eine weiße Papiertüte aus der Minibar zu ziehen, nebst einer San Pellegrino mit Zitrone und Pappbechern. »Frieden?«

Sie reißt die Tüte auf, und Minipizzen kommen zum Vorschein.

»Wir sollten vor der Trauung etwas essen«, fügt sie hinzu. »Wer weiß, wie lange es dauert.«

Ich greife nach einer mit Ziegenkäse belegten Minipizza, und sie öffnet die Flasche.

»Friedensangebot angenommen«, sage ich mit vollem Mund. »Aber lass uns schnell austrinken, ich sollte wirklich zurückgehen.«

Ich nehme mir noch eine Minipizza.

6
Birchy

Ich kann es nicht fassen. Auf Zimmer zwölf meldet sich immer noch keiner! Ich werde hier mächtig verarscht, aber ich kann nicht herausfinden, von wem.

»Hallo? *Hallo!*«

Was für ein Mensch hat ein Hotelzimmer, um sich für eine Hochzeit fertig zu machen, ist aber nie drin? Das macht doch keinen Sinn. Es muss doch in ihrem Interesse sein, dass ich sie finde oder dass sie mich findet. Diese mysteriöse Frau muss doch auch besorgt und in Panik sein. Frauen machen sich wochenlang Gedanken darüber, was sie zu solchen Anlässen anziehen sollen. Ich frage mich, ob wir in den Gängen auf und ab gehen und uns ständig gegenseitig verpassen.

Ich klopfe so laut an die Tür, dass beim gegenüberliegenden Zimmer die Tür aufgeht, ein Typ seinen Kopf rausstreckt und fragt: »Ist alles in Ordnung?«

»Ja«, sage ich und sehe, wie er meinen Hotelbademantel und meine Hotelslipper begutachtet. Er trägt einen schmal geschnittenen cremefarbenen Anzug und ein schickes weißes Hemd, das am Hals offen ist und einen tollen Kontrast zu seiner braunen Haut bildet. Er sieht wirklich gut aus. Oh Mann! Jeder auf dieser Hochzeit wird aussehen, als wäre er einem Gucci-Katalog entsprungen – und dann wird es noch *mich* geben. So ein verdammter Mist. Fuck, fuck, fuck! Ich merke, dass der Typ mich immer noch beobachtet. »Hast du hier jemanden rein- oder rausgehen sehen?«, frage ich verzweifelt. »Ich glaube, die Frau da drin hat meinen Koffer.«

Er schüttelt den Kopf. »Nein, tut mir leid.«

Verfluchte Scheiße. Ich klopfe erneut an die Tür. Es ist mir egal, ob er zusieht. Ich weiß nicht, was ich sonst tun soll.

»Du weißt, dass wir in zehn Minuten unten sein sollen, oder?«, sagt er zwischen meinen Klopfeinheiten. Ich strecke meine Hand und meine Finger, ich glaube, das letzte Klopfen war vielleicht ein bisschen zu hart. Es ist durchaus möglich, dass die Frau nicht herauskommt, weil ich sie zu Tode erschreckt habe. Ich klopfe hier wie ein Armeegeneral, der einen Hotelputsch inszeniert, statt einfach nur still und leise mein Rasierzeug zu holen.

»Weiß ich«, antworte ich. »Aber sieh mich an. Meinst du nicht, dass Sarah sich aufregen wird, wenn ich auch in Weiß auftauche?«

Er verkneift sich ein Grinsen. Ich klinge melodramatisch und verstört – meine Stimme passt zu dem unberechenbaren Klopfen –, aber wenigstens ist er so nett, sich nicht über mich lustig zu machen. Ich muss erbärmlich aussehen. So aufgeregt, wie ich bin, habe ich total die Kontrolle verloren.

»Brauchst du ein Hemd?«, fragt er. »Wenn die Person aus dem Zimmer deinen Koffer hat, bedeutet das, dass du kein Hemd zum Anziehen hast, oder?«

Jetzt bin ich an der Reihe, ihn einzuschätzen. Ich glaube, er meint es ernst. »Hast du wirklich eins?«, erkundige ich mich. »Denn wenn du eins hättest … das würde mir sehr helfen. Das wäre toll.«

»Ja, ich hab eins«, antwortet er. Ich schaue auf meinem Handy nach, wie spät es ist. Ich muss eine Entscheidung treffen: Verschwende ich noch mehr Zeit damit, herauszufinden, wo mein Koffer ist, oder schlucke ich meinen Ärger jetzt runter, nehme das Hemd dieses Typen und gehe dem Rest später auf den Grund? Ich bin Teil der Trauzeremonie, ich kann mich nicht verdrücken, nur weil ich nichts zum Anziehen habe.

»Ich habe auch kaltes Bier in der Minibar, wenn du eins willst«, sagt er. »Nichts für ungut, aber du siehst aus, als könntest du eins brauchen«, fügt er hinzu und hebt die Hände hoch, um zu zeigen, dass er friedliche Absichten hat.

»Sam«, sage ich und strecke eine Hand aus. »Aber alle nennen mich Birchy.«

»Aran«, sagt er, als wir uns die Hand geben. »Und alle nennen mich Aran.«

»Aran«, sage ich. »Ich bin dir was schuldig.«

Ich ziehe den Koffer zu seinem Zimmer und denke dann, dass er mir ja eh nichts nützt. Also stelle ich ihn zurück vor die Tür von Zimmer zwölf, drehe ihn so, dass die Vorderseite nach vorne zeigt, und lasse den Griff runter. Die unsichtbare Frau soll ihren Koffer zurückhaben. Und ich muss mich meinem Schicksal hingeben. Ich habe keine Kraft mehr zu kämpfen. Das Universum gewinnt. Wer oder was auch immer da oben im Himmel beschlossen hat, mich mit großen Misthaufen zu bewerfen, hat gewonnen.

»Komm rein«, fordert Aran mich auf und hält mir die Tür auf.

»Bist du allein?«, frage ich, während er ein weißes Hemd aus einer Reinigungstüte zieht, die über einem Stuhl in der Ecke hängt, und es begutachtet. Sein Zimmer ist größer als meins und hat einen Balkon.

»Ja«, sagt er und prüft, ob das Hemd unten herum gebügelt werden muss. Ich kann schon sehen, dass das der Fall ist. »Ich kenne Sarah von der Junior High. Sie war meine erste Freundin, und wie es aussieht, auch meine letzte. Das muss gebügelt werden, aber ich denke, es sollte dir passen. Was meinst du?«

Er hält es mir hin, und ich bin zuversichtlich, dass es passt. Wir sind beide schlank und muskulös gebaut und haben ungefähr die gleiche Größe.

»Es ist wahrscheinlich etwas übertrieben zu fragen, ob du auch eine Ersatzhose hast …?«, sage ich.

Er nickt. »Ich bin nur ein Kerl, der auf dem Weg zum Flughafen Sachen aus der Reinigung abgeholt hat«, sagt er. »Ich bin leider nicht deine gute Fee …«

»Ja, klar.« Ich nicke und lächle. »Danke, ich weiß das mit dem Hemd sehr zu schätzen. Ich habe einen anstrengenden Tag hinter mir, und das hier ist … also, danke vielmals.«

»Magst du ein Bier?«, fragt er. »Ein schnelles?«

Dafür ist eigentlich keine Zeit, aber ich habe das Gefühl, dass ich eins brauche. All das tiefe Ein- und Ausatmen im Pool und unter der Dusche ist durch die letzten dreißig Minuten wieder futsch. Wenn ich lächelnd da runtergehen und ein guter Gast sein will, dann brauche ich ein Reset von meinem Reset. Außerdem fangen Hochzeiten ja eh nie pünktlich an. Das ist es ja: Wenn man die Liebe seines Lebens heiratet, bleibt die Zeit stehen, und die Gäste schweben in einer feierlichen, alkoholgetränkten Blase.

»Weißt du was, her damit«, beschließe ich, und Aran sagt mir, ich solle es mir auf der Terrasse bequem machen. Ich gehe hinaus, lasse mich in einen plüschigen Sessel mit breit gestreiften Kissen fallen und blicke auf die goldenen Felder, die sich in alle Richtungen hinziehen. Was für ein Ort für eine Hochzeit!

»Nicht schlecht, was?« Er reicht mir eine Flasche Peroni, die vom Kondenswasser ganz feucht ist.

»Die Aussicht?«, sage ich. »Total.«

Ich nehme einen Schluck und spüre, wie die Flüssigkeit wie ein honigartiger Nektar meine Kehle hinunterläuft. Ich nippe noch einmal an der Flasche – ah, tut das gut, das ist es, was ich gebraucht habe.

»Hochzeiten sind seltsam, findest du nicht?«, fragt Aran. »Vor allem, wenn man Single ist. Es ist schwer, sich nicht zurückgelassen zu fühlen. Er nimmt auch einen Schluck von seinem Bier, und ich werfe ihm einen Blick zu, um zu sehen, ob er sich über mich lustig macht. Das scheint aber nicht der Fall zu sein.

»Bittest du mich um den ersten langsamen Tanz?«, frage ich. »Ich garantiere dir, wenn du es tust, werde ich Ja sagen.«

Aran lacht. »Gut zu wissen. Wenn es mit meiner ersten Wahl nicht klappt, ist das der absolut beste Plan B.«

Ich leere den letzten Rest meines Bieres. Keine Ahnung, wie ich es so schnell weggezischt habe.

Aran zieht sein Handy aus der Jackentasche und schaut auf die Uhr. Das ist mein Zeichen zum Aufbruch.

»Danke noch mal«, sage ich. »Wir sehen uns in fünf Minuten unten, okay?«

»Kein Problem. Freut mich, dass ich helfen konnte. Und ja, wir sehen uns unten.«

Er folgt mir, als ich aus dem Zimmer trete, sodass er meinen Ausruf mitbekommt: »Oh!«

»Oh?«, wiederholt er.

»Der Koffer, den ich hingestellt habe«, sage ich. »Für Zimmer zwölf. Er ist weg.« Ich trete über den Flur und klopfe laut. Aran steht unbeholfen hinter mir, und ich sage ihm, dass ich sein Hemd vielleicht doch nicht brauche.

»Hallo?«, rufe ich wieder und klopfe noch fester als beim letzten Mal.

»Tut mir leid, Mann«, erklärt Aran, »aber ich glaube, du wirst doch mein Hemd anziehen müssen. Es ist niemand da.«

7
Izzy

Ich fühle mich gut, und ich sehe gut aus. Mit einem Glas in der Hand und behandschuhten Kellnern, die sich darum kümmern, dass es nie leer wird, nehme ich mir einen Moment Zeit, um das alles hier zu genießen. Mein Koffer ist wie von Zauberhand aufgetaucht. Ich konnte meine Cremes & Co. benutzen, mein Kleid bügeln und hatte sogar fünf Minuten Zeit auf dem Balkon, bevor ich in den Innenhof hinuntergegangen bin, um ein Flammen-Emoji-würdiges Selfie zu machen. Das werde ich morgen posten, und es wird den Anlass für immer festhalten. Ich weiß immer noch nicht, wer der Besitzer des Männerkoffers ist, aber offensichtlich scheint es ihm damit nicht so dringend zu sein, wenn er mich bisher nicht aufgespürt hat.

Während ich auf Anastasia und Kat warte, schaue ich über das Gelände des Anwesens. Die Burgmauern schimmern in einem weichen Terrakottafarbton, und es fühlt sich einladend und gar heimelig an. Überall sind Lichterketten aufgespannt, und ich kann mir schon vorstellen, dass es bei Einbruch der Dunkelheit total magisch aussehen wird. Sarah hat mir erzählt, dass Italiener bei einem Hochzeitsfest oft bis zu acht Gänge servieren, und ich wandere umher und versuche herauszufinden, wo wir essen werden. Doch dann erinnere ich mich daran, dass Anastasia gesagt hat, dass man sich leicht verläuft, also gehe ich nicht weiter.

Während ich über die Weinberge schaue, wird meine Träumerei durch eine freundliche Stimme unterbrochen:

»Ich muss Ihnen einfach sagen, dass Ihr Kleid umwerfend ist.«

Die freundliche Stimme gehört einer Frau in ihren Sechzigern mit einem Glas in der Hand und einem Mann am Arm, der ihr Ehemann sein muss. Sie trägt einen herrlichen Perlenschal und ein langes Satinkleid, das ihr bis zur Mitte der Waden reicht. Ihr Partner trägt einen Anzug aus leichtem, beigefarbenem Leinen. Sicher maßgeschneidert, denn er passt an Schultern und Taille perfekt, und die Länge der Hose entspricht genau seiner Beinlänge.

»Nun«, sage ich, »wenn ich ein Kompliment von dem bestgekleideten Paar in diesem Innenhof bekomme, wäre es unhöflich, sich nicht freundlichst zu bedanken.«

»Oh, charmant ist sie auch noch!«, kommentiert die Frau, die selbst ein Charmebolzen ist. Ich proste ihr zu.

»Ich bin Izzy«, sage ich.

Als wir drei mit den Gläsern anstoßen, antwortet sie: »Ich bin Claire.«

»Ian«, sagt der Mann. Er steht so dicht neben ihr, dass kaum ein Blatt zwischen sie passt. Ich freue mich immer sehr, wenn ich ältere verliebte Menschen sehe. Jeder tut so, als würde es nie mehr was werden, wenn man mit dreißig nicht fest liiert ist, aber ältere Paare wie Claire und Ian erinnern mich daran, dass es kein Zeitlimit gibt. Wer sagt denn, dass sie sich nicht erst im letzten Jahr kennengelernt und da erst den Rausch wahrer Zweisamkeit zum ersten Mal gespürt haben? Zu einem Zeitpunkt, an dem sie beide schon ergraut waren? Wer sagt denn, dass es nicht für beide die zweite Ehe ist? Oder dass sie schon seit einer Ewigkeit zusammen sind, sich mehrfach beinahe getrennt haben, und jedes Mal, wenn sie sich entschieden haben, doch zusammenzubleiben, hat ihre Liebe eine neue, eine andere Form angenommen? Zurzeit mache ich mir keine Sorgen über mein Singledasein – ich bin lieber allein als an den falschen Typen gebunden. Deshalb habe ich schließlich mit Doug Schluss gemacht. Aber ich habe Angst davor, allein alt zu werden. Ich werde mich nicht wie eine alte Jungfer fühlen, wenn ich mit dreißig noch nicht verheiratet bin, aber mit sechzig möchte ich definitiv mit meinem Mann auf dem Sofa sitzen, mich über unsere undankbaren Kinder beschweren und unsere Enkelkinder verwöhnen. Ich möchte gern Hochzeitseinladungen bekommen, sodass wir uns beide in Schale werfen und so mondän und glamourös aussehen können wie Ian und Claire.

Oje. Ich projiziere ziemlich viel auf sie.

»Braut oder Bräutigam?«, fragt Claire und weckt mich aus meinem Tagtraum.

»Braut«, sage ich und komme wieder ins Hier und Jetzt zurück. »Wir haben uns an der Uni in Toronto kennengelernt.«

»Oh, wie schön!«, sagt Claire. »Wir haben es nie nach Kanada geschafft, stimmt's, Ian?«

»Wir waren noch nie außerhalb Europas«, bestätigt er.

»Gut, dass es so viel zu sehen gibt in Europa«, lächle ich. »Oft denke ich, dass das ja schön und gut ist mit den Reisen um den Erdball, aber vielleicht sollte ich England ein bisschen mehr erkunden. Ich war noch nie am Lake District oder in Cornwall …«

»Oh, wir haben ein Ferienhaus in Cornwall. Das ist so ein schönes Eckchen Welt.«

Der Ruf »Ooomaaa!« ertönt und unterbricht uns. Zwei Jungs von etwa acht und neun Jahren laufen in Claires Beine, was Ian dazu bringt, sie zu ermahnen. »Hey, hey, kommt mal ein bisschen runter, ja? Beim nächsten Mal stoßt ihr uns noch um!«

Ich lache Claire an, als sie für die Jungs eine Grimasse schneidet – eine Art, ihnen zu sagen, dass Ian recht hat, ohne sie zurechtzuweisen. Sie scheint eine wunderbare Oma zu sein, humorvoll und freundlich.

»Ich habe dieser Dame hier gerade gesagt, wie sehr mir ihr Kleid gefällt, Jungs. Wollt ihr nicht Hallo sagen?«

»Hallo«, sagt der Kleinere.

»Hallo«, sagt der Größere.

Sie haben beide Claires dunkelbraune Augen, groß und neugierig, hellblondes, feines Haar, das ihnen über die Ohren gewachsen ist und sie wie kleine Rockstars aussehen lässt. Wer immer sie angezogen hat, hat ebenfalls ein super Gefühl für Stil.

»Ich mag eure Fliegen«, sage ich ihnen. »Habt ihr sie selbst gebunden?«

»Die waren schon gebunden«, sagt der Kleinere. »Guck mal.« Tatsächlich, unter seinem Hemdkragen läuft eine Gummischnur. Er schnippt die Fliege wieder an ihren Platz. Sein Bruder schubst ihn und rennt dann los, eine klare Aufforderung zum Fangenspielen.

»Guten Abend, alle miteinander«, begrüßt uns Anastasia und kommt näher. Ihr Arm ist um Kats Taille geschlungen, und man hat ihnen bereits einen Willkommensdrink überreicht. Sie zeigt auf die versammelte Menge. »Ist das nicht toll?«

»Das kann man wohl sagen«, stimmt Ian zu, woraufhin sich alle vorstellen, auch die beiden Jungs, die von Ian gegen ihren Willen dazu gebracht wurden, still zu stehen.

»Wie schön«, kommentiert Kat, nachdem wir geklärt haben, wer wer ist. »Kinder, Enkelkinder … Da ist wohl der perfekte Traum in Erfüllung gegangen, oder?«

Ian und Claire sehen sich liebevoll an.

»Ja, das ist er«, sagt Ian stolz.

»Dieser Mann ist meinen Kindern ein besserer Vater gewesen als ihr leiblicher Vater«, erklärt Claire. »Meine drei hätten sich kein besseres Vorbild für ihr Leben wünschen können.«

»Wir wollen auch drei Kinder haben«, sagt Anastasia.

»Wir haben zwei Jungs und ein Mädchen. Mittlerweile sind sie alle erwachsen. Unser Ältester, Charlie – der Vater der Jungs –, ist verheiratet. Unsere Jüngste, Esme, hat gerade ihr Medizinstudium abgeschlossen. Und unser mittleres Kind ist auch Arzt – ein Chirurg und gut aussehend –, aber er ist … nun ja, etwas kompliziert. Manche Jungs wachsen nie aus ihrer Melancholie heraus … Er war schon immer so ernst. Er ist quasi so geboren.«

»Gut aussehend *und* schwierig?«, witzelt Anastasia. »Das ist Izzys Lieblingskombination!« Ich werfe ihr einen giftigen Blick zu.

»Sie hat mich den ganzen Tag damit aufgezogen, dass ich ein einsamer Single bin«, erkläre ich. »Aber ich bin nicht einsam. Ich bin sehr glücklich.«

Ich bin doch glücklich, oder etwa nicht? Es ist nur der Anlass, der mich ein wenig betrübt. Wäre es eine Taufe oder eine Bar-Mizwa, würde ich nicht so stark auf all die glücklichen Paare achten. Mir fallen die Nächte ein, in denen ich neben Doug lag und mich einsamer gefühlt habe als jemals zuvor. In falscher Gesellschaft zu sein ist hundertmal schlimmer, als gar keine Gesellschaft zu haben.

»Ich habe Claire erst mit dreiundvierzig kennengelernt«, sagt Ian. »Und ich kann wirklich sagen: Das Warten hat sich gelohnt.« Claire grinst und freut sich über sein Kompliment; er gibt ihr einen zärtlichen Kuss.

»Ist dein Sohn Single?«, fragt Anastasia, und ich kann es nicht fassen, dass sie einfach nicht mit dem Thema aufhört. Ich habe nichts gegen ein sanftes Aufziehen, aber sie wird nicht müde, darauf hinzuweisen, dass ich allein hier bin.

Claire senkt die Stimme. »Seit etwa neun Uhr heute Morgen«, sagt sie. Sofort höre ich auf, Anastasia in Gedanken zu verfluchen, und bewundere wieder ihre Fähigkeit, Klatsch und Tratsch ans Licht zu bringen. Wir rücken alle enger zusammen. »Sein Hochzeitsdate hat ihn am Flughafen versetzt. Unglaublich, oder?« Sie gibt einen missbilligenden Laut von sich, um das Gesagte zu unterstreichen. »Das hat ihn ziemlich mitgenommen.«

»Oh, das kann ich mir vorstellen«, sage ich mit großen Augen. »Es tut mir leid, das zu hören. Ich weiß, dass Anastasia mich damit aufzieht, dass ich Single bin, aber sie weiß, dass ich damit gut klarkomme. Aber an dem Tag, an dem man verlassen wird, zu einer Hochzeitsfeier gehen zu müssen … das ist schon hart … Ich an seiner Stelle wäre jetzt bereits betrunken und würde die Bar entern.«

»Ja, da ist was dran«, sagt Claire und runzelt die Stirn. »Ich sehe ihn immer noch nicht. Wo bleibt er bloß?«

»Wahrscheinlich hofft er, sich unbemerkt hinten reinschleichen zu können«, sage ich und versuche, beruhigend zu klingen. Ich bin mir sicher, dass er kommen wird.

In diesem Moment klimpert die Gastgeberin dieses Abends an ein leeres Glas und fordert uns auf, Platz zu nehmen, damit die Zeremonie beginnen kann.

»Wir sehen uns.« Claire zwinkert mir zu, und ich grinse sie an. Ich hoffe, dass ich, wenn ich älter werde, so sein kann wie sie. Hoffentlich kann ich mich später noch einmal länger mit ihr unterhalten, damit sie mir Tipps gibt. Sie wirkt so lebensfroh und glücklich.

»Was für ein wunderschönes Paar«, stellt Anastasia fest, als wir unsere Gläser abstellen und uns mit der Menge zur nächsten Location der Feier begeben.

8
Birchy

Ich stehe in meinem Zimmer vor dem Spiegel und begutachte den Schaden. Ich trage keine Unterhose unter meinen Shorts, meine käsigen Beine stecken in den Sneakers, mit denen ich angereist bin, und obwohl Arans Hemd mich um hundertzehn Prozent aufgepimpt hat, sehe ich immer noch so aus, als ginge ich zu einer Partynacht an den Strand von Magaluf und nicht zu der poshesten Hochzeit, auf der ich je war und wahrscheinlich je sein werde. Ich habe nicht einmal einen Kamm oder Gel für meine Haare und muss mich damit begnügen, sie mit Wasser und der Hand zu glätten. Mum wird mich umbringen, also ist es gut, dass ich mich verspäte. Das Beste, was ich tun kann, ist, mich kurz vor Sarah hineinzuschleichen. So muss ich mich dem Spott wenigstens erst aussetzen, nachdem ich meine Rede gehalten habe. Und ich muss mich erst nach der Angst einflößenden Aufgabe, öffentlich zu sprechen, rechtfertigen. Ich überprüfe, ob ich meine Brille und das Blatt mit der Rede dabeihabe, und werfe einen letzten Blick darauf.

»Es ist, wie es ist.« Ich seufze leise vor mich hin und vergesse dabei fast, wie furchtbar ich aussehe. Aber nur fast. Ich komme mir lächerlich vor. Das ist definitiv das, was meine Schwester einen »üblen Moment« nennt. »Es ist, wie es ist.«

9

Izzy

»Heiliger Bimbam«, sagt Kat, als wir ankommen. Sie hat recht.

Wir haben uns aus dem Schatten der Burg herausbewegt, über gewundene, mit Kieselsteinen gepflasterte Wege. An den Seiten winden sich Weinreben, sie wachsen an einer ewig langen Pergola empor und bilden ein romantisches Blätterdach. Ich habe die Orientierung verloren – wir sind schon mindestens fünf Minuten gelaufen, und ich dachte, die Burg läge hinter uns, aber ich glaube, sie könnte tatsächlich zu unserer Linken sein. Der von Weinreben gesäumte Weg mündet in eine riesige Piazza. Reihenweise gold-weiße Stühle stehen vor einer kleinen Bühne, auf ihr befindet sich ein riesiger, aus gelben, leuchtenden Blumen gesteckter Bogen, der bestimmt als Altarersatz gedacht ist. Überall hängen Blumengirlanden, und obwohl wir draußen sind, fühlt es sich gemütlich und intim an. Es ist, als hätten wir eine übernatürliche Welt betreten. Hinter der Bühne stehen zwei alte Eichen, die die toskanische Landschaft einrahmen und sie wie eine gemalte Kulisse wirken lassen. Das Licht ist sanft, der Himmel verfärbt sich langsam in einen dunklen Bernsteinton. Wir nehmen unsere Plätze auf der Seite der Braut ein und versuchen, so nah wie möglich am Gang zu sitzen, aber zwischen mir und dem Gang sind immer noch drei besetzte Plätze. Geigen nehmen ihr Spiel auf, die Gäste verstummen, und die beiden Jungs, die ich vorhin kennengelernt habe, laufen händchenhaltend den Gang entlang und winken allen zu. Ihnen folgt ein kleines Mädchen in einem bauschigen Kleid. Es wirft cremefarbene Blütenblätter aus, auf halber Strecke hält sie aber an und läuft in die Arme seiner Mama. Adriano muss schon vorne gewesen sein, ich hatte ihn nur nicht gesehen – aber jetzt sehe ich ihn. Er ist tadellos gekleidet und weint bereits. Bis zu diesem Zeitpunkt ging es mir gut, ich habe mich zusammengerissen. Aber als ich sehe, wie gerührt Adriano ist, wie er mit seinen Trauzeugen dasteht und jetzt die beiden Jungs anlacht, da macht es in mir klick.

Ich will das.

Ich will, dass ein Mann dasteht und auf mich wartet und den Atem anhält, weil er sein Glück nicht fassen kann.

Ich will, dass alle, die ich kenne und liebe, sich in Schale werfen, um das Seltenste zu feiern, das es gibt: wahre Partnerschaft.

Ich will für einen Mann schön sein und mit ihm etwas aufbauen, das besser und stärker ist, als wir es jeder für sich alleine hinbekommen könnten.

Und dann wechselt die Musik, und Sarah erscheint.

Ihr Kleid ist in feinstem Elfenbein, trägerlos und mit einem Fischschwanz. Ihr langes, glänzendes Haar ist leicht gelockt und über eine Schulter geschwungen, ihr Brautstrauß besteht aus riesengroßen Sonnenblumen, die zu den Blüten in den Girlanden passen. Sie lächelt glücklich, und ihr Vater bewegt sich auf sie zu und flüstert ihr etwas ins Ohr, worauf sie nickt und noch mehr lächelt. Sie strahlt geradezu.

Als wir uns wieder hinsetzen, merke ich erst, wie heftig ich weine. Kat reicht mir ein Taschentuch, und Anastasia streicht mir sanft über den Rücken, um mich zu beruhigen. Ich freue mich so sehr für Sarah. Und es ist ein solch überwältigendes Gefühl festzustellen, dass es die Liebe gibt und dass ich Teil von etwas so Besonderem und Heiligem wie diesem Tag sein darf.

»Liebe Freunde, liebe Familie, ich danke euch sehr, dass ihr heute bei der Hochzeit von Adriano Arthur Iafrate und Sarah Elizabeth Fagan anwesend seid. Wir eröffnen nun diesen ehrenvollen Abend«, sagt der Priester, und ich muss auf den Boden schauen, um mich zu sammeln und tief durchzuatmen, »mit einer besonderen Rede des besten Freundes des Bräutigams – wenn ich richtig informiert bin, hat er sie selbst geschrieben.«

Eine vor Spannung förmlich knisternde Stille tritt ein. Ich kann nicht genau sehen, was passiert, aber ich vermute, dass sich Adrianos bester Freund zum Mikrofon begibt. Es ist so still, dass man eine Stecknadel fallen hören könnte. Und dann ertönt eine tiefe Vibrato-Stimme.

»Was ist Liebe?«

Ich kann ihn zwischen den Köpfen der Leute vor mir kaum sehen, aber wenn ich den Hals recke, erkenne ich ein offenes weißes Hemd und dunkles Haar, ein bisschen struppig, aber süß. Er trägt eine Brille mit einem großen schwarzen Gestell und sieht aus wie Clark Kent. Wie ein sexy Superman.

»Liebe ist gemeinsam verbrachte Zeit«, legt er los, und es ist gleich klar, dass er sich dabei wohlfühlt, vor Publikum zu sprechen. Er wirkt ruhig und zieht keine Show ab. Er ist einfach er selbst. »Liebe ist ein inniger Kuss. Liebe bedeutet zerwühlte Bettlaken und ein vor dem Schlafengehen geklärter Streit. Liebe ist, nebeneinanderzusitzen, er mit dem Sportteil und sie mit dem Feuilleton. Liebe heißt, den letzten Rolo-Keks und die erste Kaffeetasse am Morgen zu teilen; Liebe ist: ›Schlaf weiter, mein Schatz, ich geh schon die Milch holen.‹ Liebe ist alles, wovon Adele in ihren Songs singt, sie ist der Weihnachtsmorgen und winzige Momente gestohlener Freude, die nur die beiden verstehen. Liebe ist nervig und anstrengend.« An dieser Stelle hält er inne und grinst, um dem Publikum zu verstehen zu geben, dass das gerade ein Scherz war. Er hat uns alle in seinen Bann gezogen, seine Worte haben uns eingelullt, und gemeinsam atmen wir nun hörbar aus und gehen den kurzen Schlenker ins Heitere mit.

»Zwischen den großen romantischen Momenten steht viel Schufterei und Plackerei. Denn wenn du das Herz eines anderen trägst, wie E. E. Cummings schrieb«, sagt er, grinst weiterhin schief, nimmt Blickkontakt mit Adriano und dann mit Sarah auf und schaut dann wieder auf sein Blatt, »übernimmst du Verantwortung. Liebe ist wirklich all diese Dinge – die Herzen und Blumen –, aber sie ist auch langweilig. Alltagsverpflichtungen sind nicht sexy. Jemandem beizustehen, wenn er krank ist, oder der Mundgeruch am Morgen – nicht sexy. Wäsche zu waschen, Lebensmittel einzukaufen, den Hund zu entwurmen, die Kinder ans Töpfchen zu gewöhnen, das Gehör zu verlieren, wenn man alt ist, und zu dem Paar zu werden, das sich gegenseitig anschreit – all das ist nicht sexy. Aber es ist das Leben.«

Für einen dramatischen Effekt folgten seine Worte immer schneller aufeinander, aber bei dieser letzten Feststellung hält er inne und lässt sie wirken. *Aber es ist das Leben.*

»Sich zu verpflichten, das Leben mit jemandem zu teilen, der verspricht, seinen Humor zu bewahren und immer auch die lustigen Seiten zu sehen, der dich in harten Zeiten daran erinnert, dass alles trotzdem auch komisch ist – das ist Liebe. Jeder und jedem, der heute hier sitzt, ist bewusst, dass ihr beiden all das habt. Wir sind nicht nur hier, um eure Liebe zu feiern, sondern auch, um sie zu bezeugen, damit wir euch, falls ihr sie jemals vergessen solltet, an das erinnern können, was wir heute hier gesehen haben.«

Seine Stimme senkt sich für den nächsten Teil, es folgt noch ein Scherz für das Publikum, und dann reißt er uns auf der Achterbahn der Gefühle, von glücklich, traurig, ernst, nachdenklich, provokant bis freundlich wieder mit.

»Ganz persönlich möchte ich euch auch sagen, dass ihr mir als Mann, der die Liebe noch nicht gefunden hat, die Hoffnung gebt, dass auch ich sie aufspüren kann, werde und muss. Sarah, auch wenn Adriano gerade wie ein kleiner Junge heult: Du hast einen Mann aus ihm gemacht. Aber du hast auch einen Mann aus mir gemacht, indem du mir gezeigt hast, was möglich sein kann.«

Was für eine Bescheidenheit, was für eine Selbsterkenntnis. Ich verrenke mir noch mehr den Hals, um einen besseren Blick auf ihn zu erhaschen, und falle dabei fast auf Anastasia, die nur kurz scherzhaft mit den Augen rollt. Auch sie ist gerührt von seinen Worten. Sie hat einen Arm um Kats Schulter gelegt, und die beiden drücken sich kurz fest aneinander, weil sie wissen, dass alles, was er sagt, stimmt. Sie haben im Geheimen geheiratet, nur sie beide. Sie haben keine große weiße Hochzeit gefeiert, weil Kats Eltern nicht einverstanden waren. Das muss sehr wehtun.

»Liebe *ist* gemeinsam verbrachte Zeit«, sagt er zum Schluss. »Liebe ist ein inniger Kuss. Liebe bedeutet zerwühlte Bettlaken und ein vor dem Schlafengehen geklärter Streit. Liebe ist, nebeneinanderzusitzen, er mit dem Sportteil und sie mit dem Feuilleton. Liebe heißt, den letzten Rolo-Keks und die erste Kaffeetasse am Morgen zu teilen; Liebe ist: ›Schlaf weiter, mein Schatz, ich geh schon die Milch holen.‹ Liebe ist auch Gemeinschaft und Familie, und ich bitte die hier anwesende Gemeinschaft – die Familie, ob blutsverwandt oder nicht –, sich mir anzuschließen und bei drei ganz laut zu rufen: ›Auf *Adriano* und *Sarah!*‹ Das wäre großartig.«

Die Menge murmelt, weil sie aufgefordert wird mitzumachen, und er ruft: »Eins, zwei, drei: Auf Adriano und Sarah!«

»Auf Adriano und Sarah!«, rufen wir alle gemeinsam, und es fühlt sich so befreiend an, in die italienische Luft hineinzurufen, die so voller Liebe und Romantik ist. Ich höre Kat fast nicht, als sie über den Jubellärm hinweg sagt: »Izzy, schau! Komm her!«

Sie zerrt mich an meinem Ellbogen über Anastasias Brust hinweg und zieht mich praktisch zum Gang hinaus. Und dann sehe ich, was sie meint. Als dieser umwerfende, nachdenkliche, romantische, göttliche Mann sich auf den Weg zurück zu seinem Platz macht, ist klar, dass trotz allem, was für ihn spricht, sein Sinn für Mode nicht dazugehört.

»Oh«, sage ich. »Und er war so nah dran, perfekt zu sein.«

»Verstehst du denn nicht?«, sagt Kat zu mir, und ich schüttle verständnislos den Kopf. »Er sieht aus wie ein Mann, dessen Koffer verloren gegangen ist.«

Ach du meine Güte, sie hat recht. Der heiße Typ mit dem Sinn für Humor, der eine Rede gehalten hat, die die ganze Piazza zum Beben gebracht hat, vermisst ganz offensichtlich einen Anzug, und das höchstwahrscheinlich, weil eine andere Person seinen Koffer hat. Und diese Person bin *ich!*

10
Birchy

Nun, da die Trauung vorbei ist, fühle ich mich endlich in Partylaune. Die Kellner gehen mit Servierplatten voller Bruschetta, Prosciutto und Oliven herum, und alle machen mir Komplimente für meine Rede. Sogar Mum hat mir den Fauxpas mit meinem Outfit verziehen, und niemand sonst hat mich darauf angesprochen. Wenn man der Typ ist, der alle zum Weinen gebracht hat, scheint es niemanden mehr zu interessieren, was man anhat. Und weil es niemanden interessiert, interessiert es mich auch nicht. So entspannt habe ich mich den ganzen Tag über noch nicht gefühlt.

Und dann sehe ich sie.

Sie ist umwerfend. Richtig hinreißend. Gewelltes blondes Haar, und obwohl ihr Kleid von den Schultern bis zu den Knöcheln alles bedeckt, schmiegt es sich an den richtigen Stellen an. Sie ist vollbusig, und sie lächelt und ist so was von hot … und sie sieht mich direkt an. Sie kommt auf mich zu, und als sie stehen bleibt, steht sie etwa einen Zentimeter zu nah (oder gerade nah genug, wie man's nimmt) und grinst.

»Hi.«

»Hi«, grüße ich zurück. Ihre Augen funkeln hell, als ob sie die Pointe schon kenne und es kaum erwarten könne, mir den Witz zu erzählen. Ihre Lippen sind voll und glänzend, und sie nimmt sich einen Moment Zeit, um sich verlegen die Haare aus dem Gesicht zu streichen, als müsse sie sich selbst daran erinnern, dass es in Ordnung ist, Männer auf Hochzeitsfeiern aus heiterem Himmel anzusprechen. Wenn sie nicht bald etwas sagt, werde ich ihr das sagen. Es sei denn, das klingt vermessen. Klingt es vermessen? Sie hat sich aber buchstäblich auf mich gestürzt. Ich bin kein Brad Pitt, aber wie sie auf mich zugekommen ist, der Augenkontakt, das Lächeln und die Nervosität – das gibt mir das Gefühl, dass ich durchaus ein Brad Pitt sein könnte.

»Deine Rede hat mir gefallen«, sagt sie schließlich. Eine weitere glückliche Kundin! Kurz bevor ich zum Mikrofon gegangen bin, habe ich mir Sorgen gemacht, dass ich die Situation falsch eingeschätzt, dass meine Rede zu kitschig sein und ich zu viele schlechte Jokes eingebaut haben könnte. Aber ich habe Adriano und Sarah zum Strahlen gebracht, und sogar Charlie hat gesagt, ich hätte den Nagel auf den Kopf getroffen. Und nun steht sie da, dieser Engel, und sagt mir, dass es auch ihr gefallen habe. »Sie war sehr romantisch«, fügt sie hinzu. Und bevor ich überhaupt merke, was ich da tue, passiert etwas ebenso Seltsames wie Uncooles: Ich nehme ihre Hand. Und schüttle sie. Ich nehme ihre Hand und schüttle sie, als wäre ich als Premierminister auf einer Spendengala und müsste gleich aufbrechen, aber nicht, bevor ich nicht sicher bin, ihre Spende zu bekommen.

»Danke«, sage ich und gehe mit meinem Händeschütteln noch einen Schritt weiter – ich stecke einen gebrauchten Cocktailspieß in meine Hemdtasche und lege die nun freie linke Hand obenauf. Wenn sie jetzt auch noch ihre andere Hand auf meine legt, können wir »Auf die Plätze, fertig, los« rufen und losrennen, um ein Highschool-Footballspiel zu gewinnen.

Wir starren uns gegenseitig an.

»Ich möchte nicht aufdringlich sein …«, sagt sie und senkt ihre Stimme. Ich könnte schwören, dass sie mich angräbt. Sie will mich. Vielleicht bin ich berauscht von meinem Erfolg mit der Rede, aber ich wünschte, ich hätte vorhin eines dieser Kondome aus jenem Koffer, der nicht meiner war, geklaut, denn sie sieht mich an, als ob ich eins brauchen könnte. Sie ist absolut nicht zurückhaltend. Das ist wirklich erstaunlich.

»Du bist alles andere als aufdringlich«, sage ich, und obwohl wir uns auf einem Hochzeitsempfang mit zweihundert Leuten befinden, fühlt es sich in diesem Moment so an, als gäbe es nur sie und mich.

Sie errötet, und ich weiß, dass ich es übertreibe, aber so, wie sie mich ansieht, weiß ich, dass sie es will. Sie will, dass ich mit ihr flirte. Das ermutigt mich.

»Nun«, fährt sie fort. »Warte nur ab. Meinst du, ich kann dich fragen … warum du so angezogen bist … Du weißt schon … oben Business und unten Party?«

Sie zeigt auf das Hemd und dann auf die Shorts.

»Du meinst mein Outfit?«, frage ich.

»Ja«, sagt sie. Sie reißt die Augen auf und hält gespielt pikiert die Hand vor den Mund, und es gefällt mir, dass sie sich nicht davor scheut, albern zu sein. Ich mag diese Frau. Eigentlich ist sie nicht mein Typ, aber sie ist auf ihre ganz eigene Weise wunderbar.

»Mein Koffer ist verschwunden«, erkläre ich. »Ich konnte keine anderen Klamotten auftreiben.«

Sie nickt verständnisvoll. »Ist es ein marineblauer Away-Koffer?«, fragt sie.

Ich kneife die Augen zusammen. »Ja …«, sage ich, und mein Körper spürt, was sie sagen will, bevor mein Kopf es versteht. Alles, was mein Kopf denken kann, ist: *Woher weiß sie das?* Der Anblick ihres Gesichts bremst meine Synapsen aus.

»Ich habe ihn«, sagt sie.

Sie hat ihn?

»Ich sollte ihn nicht haben«, fährt sie fort und spricht schnell. Zuerst ist mir gar nicht aufgefallen, wie schnell sie spricht, wie lebhaft, aber jetzt merke ich, dass es eine Herausforderung ist, ihr zu folgen. Kommt man mit, ist's gut, und wenn nicht, dann interessiert es sie nicht. Ich möchte ihr wirklich folgen. »Ich wusste nicht, was ich tun sollte. Ich wusste nicht, ob ich ihn an der Rezeption abgeben oder warten sollte, bis du auf mein Zimmer kommst, damit wir tauschen können. Ich habe der Rezeption gesagt, sie sollen dir sagen, dass ich in Zimmer zwölf bin. Ich war wirklich besorgt, dein ganzes Hochzeitsoutfit zu haben.«

Die Synapsen feuern immer noch langsam, meine Gedanken waten durch Sirup. Sie ist umwerfend. Sie steht immer noch so nah bei mir. Und sie hat meinen Koffer?

Moment mal.

Sie ist in Zimmer zwölf?

Das ist die Frau, die all mein Klopfen und die Anrufe ignoriert hat, und jetzt steht sie da und sieht aus wie ein Bond-Girl, während ich in Sneakers ohne Socken stecke, und sie erzählt mir … sie erzählt mir, dass sie der Grund dafür ist, dass ich in Sneakers ohne Socken stecke?

»Das hast du …«, sage ich. »Du hast mein ganzes Hochzeitsoutfit. Sieh mich an.« Ich lasse ihre Hand los und ziehe meine eigene zurück und nehme dabei auch meinen Körper mit. Jetzt verstehe ich es – vor einer Minute hat sie noch geflirtet, weil sie wusste, dass sie etwas Schlimmes getan hat. Wie manipulativ! Sie mochte meine Rede gar nicht, die Rede, in der ich ein Teil meiner Seele entblößt habe, weil ich Adriano und Sarah so mag. Sie wollte mich nur um den Finger wickeln, damit ich nicht ausflippe, weil ich eine Hochzeitsrede in Sneakers und ohne Socken halten musste!

»Es tut mir so leid«, sagt sie, und ihre Wangen werden wieder rot, aber das ist schon neunzig Prozent weniger attraktiv, weil ich jetzt verstehe, dass sie total berechnend und hinterhältig ist. »Willst du jetzt hochkommen und ihn holen? Ich denke, wir haben noch etwas Zeit bis zum Essen.«

Ich blinzle.

Okay, sie ist nicht *neunzig Prozent* weniger attraktiv, aber sie ist definitiv nicht mehr so hot, jetzt, da ich weiß, dass sie egoistisch und ignorant ist, und … und ist das etwa die Spur eines *Lächelns* auf diesem vollen und üppigen Schmollmund?

»Entschuldigung«, sage ich, und meine Stimme ist lauter als beabsichtigt. »Es ist nur … ich bin zu deinem Zimmer hochgekommen. Zweimal sogar.«

Ich würde gerne von ihr hören, warum sie nicht egoistisch und ignorant ist.

»Oh. Vielleicht war ich da schon runtergegangen? Ich habe sonst nur einmal ganz kurz das Zimmer verlassen, um etwas bei einer Freundin abzuholen, aber das hat echt nicht lang gedauert.«

So viel dazu.

»Und warum hast du den Koffer nicht einfach an der Rezeption abgegeben?«, dränge ich.

Sie verlagert ihr Gewicht von einem Fuß auf den anderen.

»Ich weiß nicht«, gibt sie zu. »Ich habe nicht nachgedacht. Lass ihn uns jetzt einfach holen, okay?«

»Ich habe gerade vor zweihundert Leuten gestanden und habe ausgesehen wie … wie …«

Ich kann nicht nachvollziehen, was mit dieser Frau los ist. Sie hat meinen Koffer quasi als Geisel gehalten! Was für ein Mensch tut so was? Gut aussehende Menschen denken, sie können tun, was auch immer sie wollen. Gut aussehende *Frauen* denken, sie können tun, was auch immer sie wollen. Wie Ella, die mich in letzter Minute fallen gelassen und so getan hat, als würde sie mir damit einen Gefallen tun. Es fällt schwer, nicht zu denken, dass alle Frauen gleich sind, wenn alle Beweise gegen sie sprechen; wenn es so aussieht, dass sie zuallererst immer nur an sich selbst denken.

»Du siehst aus wie ein Bauchtaschen-Typ kurz vor einem Trip nach Vegas …«, sagt sie und grinst jetzt unverhohlen.

»Mach dich nicht über mich lustig«, erwidere ich. Ich drohe ihr mit erhobenem Zeigefinger. Ich bin mir nicht sicher, warum ich das tue, denn ich sehe rot und habe die Kontrolle über meine Handlungen verloren. »Ich meine es todernst«, sage ich.

Ich kann nicht glauben, dass sie so oberflächlich ist. Es ist das eine, wenn man versucht, die Stimmung aufzulockern. Aber ich fühle mich offensichtlich gedemütigt – und es ist ihr egal. Es ist ihr egal! Warum sind Frauen so gleichgültig?!

»Gib mir einfach deinen Zimmerschlüssel, und ich gehe und hole ihn«, sage ich. »Ich bin in fünf Minuten zurück.«

Sie beäugt mich misstrauisch. »Kommt überhaupt nicht infrage«, sagt sie, »Ich bringe dich hoch. Ich will nicht später zurückkommen und feststellen, dass du aus Rache mein Parfüm ins Klo geschüttet hast.«

»Das würde ich nie …«

Sie rollt mit den Augen.

»Oh«, sage ich. Meine Stimme hat sich jetzt abgeflacht. Mein Herz rast immer noch, aber ich bin ruhiger geworden. »Das war ein Scherz.«

»Ich merk schon, mit dir Witze zu machen ist, wie Perlen vor die Säue zu werfen«, stichelt sie und zieht eine Augenbraue hoch. »Dann lass ich das Scherzen jetzt mal sein. Komm, wir holen deine Sachen, damit wir schnell zurück auf der Party sind. Na los.«

Wortlos schreitet sie voran. Sie hat einen Gang wie Marilyn Monroe, ihre Hüften schwingen lässig und gleichzeitig lasziv hin und her, als wolle sie jeden hypnotisieren, der ihr dabei zusieht. Wenn sie nicht so hirntot wäre, weil es ihr dermaßen an gesundem Menschenverstand mangelt, würde ich mich zusammenreißen und ihr ein paar Komplimente machen. Aber ich kann nicht. Ich komme nicht darüber hinweg, dass ich Adrianos Trauung in New Balances beigewohnt habe! Und dass ich die guten Manieren hatte, ihre Sachen vor ihre Tür zu stellen – obwohl sie nicht nur einmal, sondern *zweimal* auf mein Klopfen nicht reagiert hat. Und nur deswegen kann sie hier herumstolzieren, als wäre es die Afterparty der Grammys.

»Mist«, sagt sie. »Ich dachte, man kommt auch hierum zu den Zimmern hoch, aber jetzt bin ich mir nicht mehr so sicher …«

Ich schaue mich um.

»Na toll, wir haben uns deinetwegen verlaufen«, sage ich.

»Wenn du besser aufgepasst hättest, anstatt auf meinen Hintern zu starren, hättest du vielleicht den richtigen Weg entdeckt«, erwidert sie. Und damit liegt sie nicht daneben.

Es wird langsam dunkel, die langen Flure sind in schummriges Licht getaucht und ähneln einander sehr. Wir gehen in die Richtung, in der sich zwei Flure kreuzen, aber anstatt dort herauszukommen, wo ich vorhin war, um zum Pool zu kommen, gelangen wir in einen anderen Innenhof.

»Wow«, sagt sie.

»Wow«, wiederhole ich.

Wir sind dort rausgekommen, wo das Abendessen stattfinden wird – und es ist wunderschön. Funkelnde Lichter und lange Tafeln mit üppigen Blumengestecken, die einen Kontrast zu den schlichten weißen Tischdecken und schwarzen Stühlen bilden. Die Tische stehen alle in einem exakten Fünfundvierzig-Grad-Winkel. Es gibt Champagnerflöten und Weißweingläser, ebenso wie Rotwein- und Wassergläser. Auf jedem Platz liegen sechs Besteckpaare. Wir werden wohl wie Könige dinieren. Auf zwei Seiten ist der Essbereich von Burgmauern umgeben, die anderen beiden Seiten münden ins Freie, sodass sich eine riesige Fläche rosa Himmel auftut – und selbst ich als Mann erkenne, dass dieser Himmel zum Farbspektrum der Deko passt.

»Komm schon«, drängt sie und zerrt an meinem Ellbogen. Ich habe ihre Berührung nicht erwartet, und sie erschreckt mich, sodass ich meinen Arm abrupt zurückziehe. Sie runzelt die Stirn. »Ich glaube, es geht hier lang.«

»*Ich* bringe uns zurück zur Hotellobby«, beharre ich, jetzt, wo mir die Bedeutung des Tages noch einmal klar wurde. Ich bin zu spät zur Trauung gekommen – ich werde mich nicht auch noch beim Abendessen verspäten. »Folge mir.«

Sie imitiert eine Truppe, die einem Befehlshaber folgt; sie geht mit durchgestreckten Beinen, schwingt die Arme seitlich und murmelt: »Jawohl, Sir! Eins, zwei, drei, eins, zwei, drei …«

Ich halte an.

Sie sieht mich an und unterdrückt ein Lächeln.

»Entschuldigung«, sagt sie.

»Sieh mal«, antworte ich. »Da ist die Lobby. Findest du den Weg von hier aus, oder soll ich jemanden bitten, uns hochzubringen? Ich will einfach nur meinen Koffer haben.«

»Ab hier kenne ich mich aus«, sagt sie mit leiser Stimme, und ich habe fast ein schlechtes Gewissen, bis ich mich daran erinnere, dass sie diejenige ist, die es vermasselt hat.

11
Izzy

Ich glaube, die Götter wollen mich auf die Probe stellen. Kein Mann, der so gut aussieht, sollte so schrecklich sein. Wie absolut bescheuert von mir, dass ich versucht habe, ihn zum Lachen zu bringen! Genauso wie ich es mit Doug gemacht habe, nur dass Doug wenigstens etwas Witziges erwidert hat. Aber dieser Typ? Dieser Typ ist unhöflich. Er steht an der Tür und sieht zu, wie ich seinen Koffer schließe, ihn vom Bett herunterhebe (in meinem Kleid! Es ist ihm völlig egal, dass ich mich in dem Ding kaum bewegen kann!) und ihn zu ihm hinziehe. Nach einem knappen Dankeschön marschiert er los, und ich lasse die Tür hinter ihm zufallen.

Ist das sein Ernst?

Ich lehne mich mit einer Hand an die Tür und atme ein, während ich in meinem Kopf bis zehn zähle und versuche, ihn abzuschütteln. Ich komme mir dumm vor, gedacht zu haben, das mit dem Koffer wäre eine gute Möglichkeit, ihn nach seiner großartigen Rede kennenzulernen. Er war richtig wütend auf mich. Ich bin froh, dass er weg ist.

Es klopft an der Tür.

Ich öffne sie.

»Oh«, sagt er, sein Gesicht ist so triumphierend, dass ich, wenn ich keine Pazifistin wäre, handgreiflich werden würde. »Diesmal hast du es also gehört?«

»Ich weiß nicht, warum ich dich vorhin nicht gehört habe!«, schreie ich. »Es tut mir leid! Es tut mir sehr leid, dass ich dir den Abend ruiniert habe und dass du sehr wütend bist, und es tut mir leid, dass ich existiere!«

Er sieht mich mit diesen nachdenklichen und gleichzeitg lebhaften Augen auf eine Weise an, die mich gefühlt auf fünf Zentimeter schrumpfen lässt.

»Wolltest du noch etwas anderes?«, frage ich und versuche, meine Stimme wieder unter Kontrolle zu bringen. Ich will einfach nur wieder runter zum Essen. Ich frage mich, ob wir auch was Hartes auftreiben können. Ich weiß, der Laden ist vornehm, aber ich hätte gern einen Tequila nach all dem hier … Was ist das überhaupt? *Reiberei.* Ich hätte gerne einen schönen weichen Gran Patrón nach dieser *Reiberei.* »Ich fühle mich beschissen, okay? Aber es ist vorbei. Können wir uns jetzt einfach darauf besinnen, einen schönen Abend zu verbringen? Immerhin ist das eine Hochzeit.«

»Du schuldest mir einen Gefallen«, antwortet er mit einem gemäßigten und rauen Knurren. Ich schäme mich so, dass ich grüblerische Männer sexy finde. Es ist ein Verrat an der Schwesternschaft. Ich wünschte, ich fände stattdessen emotionale Intelligenz und Freundlichkeit sexy. Jetzt bin ich an der Reihe, zu blinzeln. Ich traue mich nicht zu sprechen, also warte ich darauf, dass er was sagt. Vielleicht braucht er Hilfe, um den Stock aus seinem Arsch zu ziehen, was aber wahrscheinlich ein Ding der Unmöglichkeit sein wird.

»Ich habe meinen Zimmerschlüssel unten vergessen. Kann ich mich in deinem Bad umziehen? Danach können wir getrennte Wege gehen, und all das hier ist endgültig vorbei.«

Ich trete zurück und mache eine schwingende Armbewegung, um ihn hereinzubitten.

»Gut«, sage ich. »Beeil dich.«

Er hievt seinen Koffer zurück aufs Bett, und ich öffne die Schiebefenster, um die Abendluft hereinzulassen. Ich stütze mich mit den Unterarmen auf das kleine Geländer und sage über die Schulter: »Das Bügeleisen ist im Schrank, falls du es brauchst.«

»Hmmm«, sagt er. »Ja, ich denke, ich brauche es.«

Ich höre, wie er raschelt und nestelt und Dinge sortiert und hin- und herschiebt, aber ich weigere mich, mich umzudrehen. Ich hatte ja gedacht, dass ich gerne mit einem knackigen Typen was trinken und einen amüsanten Abend verbringen würde, aber enttäuschenderweise ist er *nicht* derjenige. Er ist wirklich einer von der schlimmsten Sorte. Gut aussehende Menschen denken, sie können tun, was immer sie wollen. Gut aussehende *Männer* denken, sie können tun, was immer sie wollen. Und er ist mürrisch und fies, und ich wette, dass er sich mit seinem hübschen Gesicht nie entschuldigen muss.

»Moment mal«, sagt er, und das Rascheln und Nesteln hört auf. »Um zu wissen, dass das nicht dein Koffer ist, musstest du ihn ja erst mal öffnen – wie hast du das gemacht?«

»1–3–0–2.«

»Das ist mein Geburtstag.«

»Das ist auch der Geburtstag meiner Schwägerin. Es ist ihr Koffer, ich hab ihn mir ausgeliehen.«

»Wir haben denselben Code«, stellt er fest.

»Du und meine Schwägerin, ja.«

Nun drehe ich mich doch um und bin erstaunt, wie anders er aussieht. Polierte Schuhe und ein schicker Anzug haben aus einem sehr süßen Typen einen extrem gut aussehenden Mann gemacht. Seine breiten Schultern lassen seinen Oberkörper wie ein V wirken, es sieht so aus, als wäre er ein Schwimmer. Seine Arme sind kräftig, und seine Füße füllen diese riesigen Brogues perfekt proportioniert aus. Wenn er nicht so verdammt unfreundlich und nachtragend wäre, wäre er eine solide Zehn. Ich schwöre, dass er spürt, was ich denke, aber ich weigere mich, ihm die Genugtuung eines Kompliments zu geben.

»Endlich«, sage ich stattdessen.

Als wir uns anschicken, das Zimmer zu verlassen, und er den Koffer hinter sich herzieht, fällt es ihm plötzlich wieder ein. »Mein Schlüssel. Er ist noch unten.«

Wir schauen beide auf seinen Koffer. Er kann ihn unmöglich mit zum Dinner nehmen.

»Stell ihn doch einfach vor meinem Zimmer ab«, schlage ich vor. »Das ganze Haus ist für die Hochzeitsparty ausgebucht. Alle sind im Erdgeschoss, es wird ihn schon niemand stehlen.«

»Du meinst, nicht schon wieder. Es wird ihn *nicht schon wieder* jemand stehlen.«

Ich seufze. »Es ist nur ein Vorschlag«, sage ich. »Du kannst ihn sonst auch in meinem Zimmer lassen, aber das würde bedeuten, dass wir später wieder miteinander reden müssten, und ich weiß nicht, wie es dir geht, aber ich habe keine Energie mehr für dieses destruktive Pseudogeplänkel.«

Er stellt ihn an die Wand im Flur, und wir gehen schweigend zurück zur Feier. Ich kann es kaum erwarten, ihn loszuwerden.

12
Birchy

Ich weiß, ich habe mich wie ein Arsch verhalten. Ich habe überreagiert, und jetzt muss ich das tun, was ich sonst fast nie tue, nämlich mich entschuldigen.

»Du siehst …«, fange ich an. Während wir durch die Flure schreiten, wird das Gewicht unserer Wortlosigkeit richtig erdrückend. Die Wörter kratzen in meiner Kehle und werden von einem Husten erstickt. Es ist dunkel auf dem Flur, dunkler als zuvor, und durch unser feindseliges Schweigen hindurch kann ich hören, dass sich alle zu Tisch begeben haben. Wir müssen nur noch dem Lärm folgen.

»Du bist wunderschön«, sage ich und versuche, sachlich und nicht schmierig zu klingen. »Ich habe überreagiert. Ich dachte, du kommst auf mich zu, um …« Ich beende den Satz nicht. Ich kann mir nicht eingestehen, dass ich wirklich dachte, sie hätte ein Auge auf mich geworfen. »Dabei bist du zu mir gekommen, um mich auszulachen. Ich hatte einen miesen Tag. Ich hätte dich nicht anschreien sollen.«

Ich versuche, einen Blick auf sie zu werfen, was mir jetzt, da ihr Gang langsamer geworden ist, leichter fällt.

»Diese Absätze«, sagt sie und bleibt stehen, um einen Knöchel kreisen zu lassen. »Ich bin sie nicht gewohnt. Du kannst weitergehen, wenn du willst.«

Ich bleibe ebenfalls stehen.

»Du bist wirklich wunderschön«, wiederhole ich. »Und es ist mir peinlich, dass ich mich so danebenbenommen habe.«

Sie verlagert das Gewicht auf den anderen Fuß, damit sie ihren anderen Knöchel strecken kann, und dann hält sie inne und sieht mich an. Ich hatte nicht wirklich einen Plan, was ich nach »du bist wunderschön« tun wollte. Ich glaube, ich hatte nicht einmal einen Plan, bevor ich »du bist wunderschön« gesagt habe. Es ist mir einfach rausgerutscht.

Ich versuche, zwei Gedanken miteinander zu verbinden.

»Komm her«, sage ich und trete auf sie zu.

Sie öffnet ihre Lippen, hält meinem Blick stand und hebt ihr Kinn. Ich lege einen Arm um ihre Taille, und gerade als sie die Augen schließt … schiebe ich meine andere Hand unter ihre Oberschenkel und hebe sie hoch.

»Was machst du da?!«, schreit sie und lacht dabei ungläubig. Sie ist nicht böse auf mich. Ihr spielerisches Kreischen wirkt nach den knappen fünfzehn Minuten, die hinter uns liegen, wie Medizin. »Lass mich runter!«

»Ich bin ein Gentleman«, sage ich und lächle. Dann füge ich hinzu: »Ich möchte dir die Schritte ersparen«, und stapfe, den Stimmen folgend, den Flur hinunter. Kurz bevor wir um die Ecke biegen, von der ich weiß, dass sie zum Essensbereich führt, bleibe ich stehen und setze sie ab.

»Bitte sehr«, sage ich und hoffe, dass ich galant und selbstbewusst klinge und keineswegs wie der Idiot, als der ich mich eingeführt habe. »Genieß das Essen.«

Für den Bruchteil einer Sekunde denke ich, dass ich weggehen und mich nicht umdrehen sollte, um sie in Ehrfurcht und Ehrerbietung vor meiner männlichen Demonstration von Stärke zurückzulassen, aber ich bin ein Feigling. Ich bleibe vor ihr stehen und warte darauf, dass sie sagt, dass es schön war, mich kennenzulernen, oder dass wir uns später sehen. *Irgendwas.*

»Danke.« Und dann: »Das ist ja so schade …«, sagt sie, streicht sich die Haare aus dem Gesicht, in einer Art, die ich jetzt schon unglaublich heiß finde, und glättet ihr Kleid über diesen Wahnsinnskurven, »… ich habe kurz geglaubt, du würdest mich küssen.«

Ich weiß nicht, was ich darauf antworten soll.

13
Izzy

»Nur fürs Protokoll, ich hätte den Kuss erwidert«, säusele ich, und mein Herz schlägt mir bis zum Hals. Ich versuche, verführerisch und selbstbewusst auszusehen, während ich weggehe, obwohl ich mich in Wirklichkeit … unwohl fühle. Es ist mir peinlich, dass er mich gerade hochgehoben hat. Ich bin sicher, ich wiege zwanzigmal mehr, als er erwartet hat. Ich spüre seine Augen auf meinem Rücken, während ich Anastasia und Kat suche, aber wenn ich zurückschaue, dann hat er gewonnen.

Keine Ahnung, was er dann gewonnen hat, denn ich bin mir nicht sicher, was das hier für ein Wettbewerb ist, aber es ist wichtig, dass ich keine Schwäche zeige, und zurückzuschauen hieße, etwas zuzugeben. Vielleicht, dass mir unsere Begegnung unter die Haut gegangen ist. Ich verliere definitiv, wenn ich meinen Kopf in seine Richtung drehe.

»Wo zum Teufel hast du gesteckt?«, fragt Anastasia, als ich meinen Platz einnehme, der mir durch ein kalligrafisches Namensschild auf meinem Teller zugewiesen ist. Wir sitzen einige Plätze von Ian und Claire entfernt, die von ihren verschiedenen Familienmitgliedern umgeben sind. »Du bist einfach verschwunden!«

»Der Typ in den Shorts«, sage ich, unfähig, die richtigen Worte zu finden, um ihn genauer zu beschreiben. Sie runzelt die Stirn. »Der Typ mit der Rede«, schiebe ich nach.

»Hattest du gerade Sex?«, quietscht sie, und plötzlich löst sich Kat von dem Typen, mit dem sie zu ihrer Linken geplaudert hat, um sich zu uns zu drehen und zuzuhören.

»Was jetzt?«, sagt Kat. »Du hattest keinen?!«

»Nein«, sage ich, und während ich mich an Anastasias Arm festhalte, füge ich an sie gewandt hinzu: »Und ich würde es begrüßen, wenn du nicht der ganzen Hochzeitsgesellschaft deine Gedanken offenbaren würdest, du Schreihals.«

»Tut mir leid«, sagt sie und verzieht das Gesicht. »Es war der Schock. Du siehst ein bisschen errötet aus und … postkoital.«

»Was ist passiert?«, drängt Kat.

Ein großer, schlanker Mann mit schwarzen Bartstoppeln und in einem beigen Anzug unterbricht uns, bevor ich etwas erklären kann.

»Guten Abend«, sagt er und zeigt auf eines der leeren Gedecke uns gegenüber. »Das ist mein Platz. Ich schätze, wir sind heute Abend Tischnachbarn.«

Ich verliere den Faden, alles, was ich über den Koffermann weiß, verschwimmt. Ich weiß nicht einmal, wie er heißt, und ich habe ihm gesagt, er hätte mich küssen sollen!

»Izzy«, winke ich.

»Anastasia.«

»Kat, hey.«

Der Typ stellt sich als Aran vor, und sobald seine Aufmerksamkeit auf das Sprudelwasser vor ihm gerichtet ist, senke ich meine Stimme und erkläre Anastasia: »Er ist so hot. Der Koffermann. Und nachdem wir sein Zeug geholt haben, habe ich ihm gesagt, er hätte mich küssen sollen! Einfach so! Ich weiß nicht, was über mich gekommen ist!«

»Süße«, sagt Anastasia und nimmt Arans Angebot an, auch ihr Wasserglas aufzufüllen. Er unterhält sich bereits angeregt mit dem Mann zu seiner Rechten, wir sind also nicht unhöflich, wenn wir ihn ignorieren. »Es gibt Flirten in verschieden Nuancen, und dann gibt es offensives Anbaggern. Also echt.«

»Ich weiß«, sage ich und stütze mein Gesicht in die Hände. »Ich weiß! Ich habe versucht, cool, sanft und herausfordernd zu sein. Er war so sauer, dass ich seinen Koffer nicht einfach an der Rezeption abgegeben habe – was übrigens deine Schuld ist. Du warst derjenige, die gesagt hat, ich soll ihn behalten.«

»Du bist ein großes Mädchen!«, kontert Anastasia. »Ich habe dich zu nichts gezwungen!«

Wir sehen alle auf, als Aran ausruft: »Oh, Birchy! Ich hätte dich fast nicht erkannt, ohne deinen Morgenmantel!«

Es ist der Koffermann (Birchy?). Aran schüttelt ihm die Hand, und der Koffertyp schaut mich direkt an, ein Grinsen umspielt seine Lippen. Ich grinse zurück, aber ich werde auch rot. Ich kann nicht sagen, wer jetzt gewinnt.

»Tja, na ja«, sagt der Koffermann zu Aran. »Als ich auf dem Sitzplan gesehen habe, dass wir den Abend nebeneinander verbringen würden, habe ich gedacht: »›Na los, gib dir ein wenig Mühe.‹« Er trägt einen Anzug, sein Haar ist gegelt, und er sitzt mir offenbar direkt gegenüber. »Und denk an den ersten Tanz!« Aran kichert, muss wohl ein Insider sein.

»Hey, Charlie«, sagt Birchy zu dem Typen auf seiner anderen Seite, der, wie ich jetzt feststelle, dem Koffermann verblüffend ähnlich sieht.

»Schön, dass du dich zu uns gesellt hast, Bro«, sagt Charlie. Kennt der Koffermann jeden auf dieser Hochzeit?

Aran sagt zu ihm: »Setz dich, Kumpel. Ich glaube, das wird ein Festmahl. Du siehst übrigens gut aus. Ich nehme an, du hast deinen Koffer gefunden?«

»Ja, das habe ich«, antwortet er, und mir wird ganz flau im Magen.

Während Birchy seinen Stuhl unter dem Tisch hervorrückt, blickt er auf. Weil ich ihn immer noch anstarre, treffen sich unsere Blicke. Seine Gesichtsmuskeln lockern sich, nur ein klein wenig, und dann grinst er.

»Hi«, grüßt er, öffnet mit einer Hand den Knopf seines Jacketts und streckt die andere Kat entgegen, dann Anastasia und dann mir.

»Ich bin Sam«, sagt er, »aber alle nennen mich Birchy.«

»Birchy?«, sagt Kat. »Bist du Claires Sohn?« Sie zeigt in Claires Richtung.

Er nimmt seine Serviette und rollt sie aus, während er antwortet: »Das bin ich. Woher weißt du das?«

»Sie hat gesagt, ihr Nachname sei Birch«, antwortet Kat.

»Oh, wir wissen alles Mögliche«, murmelt Anastasia gleichzeitig, aber ich glaube, er hat sie zum Glück nicht gehört. Ich verpasse ihr einen Tritt unter dem Tisch. Keinen sehr starken, um ihr nicht wehzutun, aber so, dass sie versteht, dass ich es ernst meine. Wenigstens wissen wir, warum er so verdammt mürrisch ist: Claire hatte erzählt, einer ihrer Söhne – der gut aussehende, ernste – sei am Flughafen versetzt worden. Wenn der Doppelgänger neben ihm der Vater der kleinen Jungs ist und die Frau ein paar Sitze weiter die Schwester, dann bedeutet das, dass Claire von ihrem Sohn Sam – also Birchy – gesprochen hat. Nun kann ich auf einmal viel mehr Mitgefühl für ihn empfinden. Er ist wütend auf eine Frau, weil sie auf seinem Herzen herumgetrampelt ist. Aber ich kann nicht anders, als mich zu fragen, was er wohl getan hat, dass überhaupt auf ihm herumgetrampelt wurde.

14
Birchy

Ich esse gerade den letzten Happen von meinem Tiramisu, als sie – Izzy – hinter mir vorbeigeht und sich so weit vorbeugt, dass ich ihren heißen und feuchten Atem an meinem Ohr spüre.

»Genießt du den Abend?«

Ihr Gesicht ist so nah an meinem, dass sich unsere Nasen beinahe berühren, wenn ich mich nur halb zu ihr drehe. Sie riecht nach Holz und Vanille – süß, aber mit einem gewissen Biss.

»Nun, die Aussicht war besonders schön«, antworte ich, und sie gackert.

»Das ist ja billig!«, wirft sie mir vor, ihr Ton wechselt von leise und verheißungsvoll zu empört und amüsiert.

»Ich habe viele, viele Gläser Wein getrunken«, erkläre ich und freue mich über ihr Lachen. »Meine Kreativität ist gehemmt.« Aber es war schön, ihr gegenüberzusitzen. Sie ist klug und witzig, hört gern zu, wenn andere reden, macht aber auch gern selbst witzige Bemerkungen oder stellt eine aufschlussreiche Frage. Wir haben kaum direkt miteinander gesprochen, aber wir sitzen schon seit Stunden an diesem Teil des Tisches, atmen die gleiche Luft ein und reden mit den gleichen Leuten. Wir haben immer wieder Blickkontakt, und ich kann nicht sagen, ob sie mich ansieht und ich deshalb zu ihr hinübergucke, oder ob ich ihren Blick einfange, um zu sehen, ob sie den gleichen Witz lustig findet wie ich, oder um mich zu vergewissern, dass sie immer noch so unglaublich aussieht wie vor zwei Minuten.

»Vielleicht macht dich der ganze Wein mutig genug, um mich später um einen Tanz zu bitten«, flirtet sie, woraufhin Aran, von dem ich glaube, dass er den Kerl anbaggert, der auf der anderen Seite sitzt, verkündet: »Ey, Lady, er hat mir den ersten Tanz versprochen! Pfoten weg!«

Ich klopfe ihm spielerisch auf die Schulter, und als ich mich umdrehe, ist sie weg. Sie ist wie Rauch, der sich sammelt und sich dann verzieht, unmöglich festzuhalten.

»Sie ist hübsch, mein Lieber«, sagt Mum, eine Erscheinung, die aus dem Nichts auftaucht, wie es Erscheinungen nun mal tun. »Ich habe vor der Trauung mit ihr gesprochen: Lehrerin, Single.«

Sie sagt das Wort *Single* mit einer solchen Schärfe, dass ich überrascht bin, dass es mich nicht schneidet.

»Wir haben doch über die Grenzen der Einmischung gesprochen, meine liebe Mum«, erinnere ich sie.

Sie stößt ein »Ha!« aus und beharrt: »Darling, was für einen Sohn wie Einmischung wirkt, ist nur ein sanftes Vorfühlen der Mutter.«

»Sogar Aliens gehen sanfter vor als du«, sage ich.

Am anderen Ende des Tisches ruft meine Schwester Esme: »Fragst du ihn etwa, wen er den ganzen Abend mit seinen Rehaugen angestarrt hat, Mum? Sag ihm, dass er keine Chance hat!« Meine Neffen wiederholen ihren Ausruf und lachen ebenfalls, auch wenn sie nicht wirklich verstehen, was daran so lustig ist.

Ich drehe meinen Kopf so schnell herum, dass mein Nacken knackt, um mich zu vergewissern, dass Izzy nichts hiervon gehört hat. Sie ist noch nicht zurück am Tisch – Gott sei Dank.

»Du lallst, meine liebe Esme Grace«, erwidere ich ebenso laut.

»Tue ich nicht«, lallt sie.

Charlie meldet sich zu Wort. »Doch, eigentlich schon.« Es fehlen ein paar Silben, weil auch er lallt, und wir merken es alle gleichzeitig und brechen in hysterisches Gelächter aus.

»Warum sind es immer meine Kinder, die eine Szene machen müssen?«, fragt Mum, was uns drei noch mehr zum Lachen bringt. Mum zu ärgern ist, um ehrlich zu sein, die einzige Sache, die uns verbindet.

»Du bist hin und weg«, fährt Charlie fort, nachdem Mum weitergeht, um mit Aran zu plaudern. »Aber ich kann's dir nicht verdenken, sie ist hinreißend. Du solltest dein Glück versuchen.«

Dass Charlie aufrichtig ist, macht mich sofort misstrauisch. Ich fülle mein Wasserglas auf und warte darauf, dass nun ein Schlag kommt, aber er fährt fort mit: »Ich meine es ernst, Mann.«

Ich kippe mein Glas hinunter, und als er immer noch nicht angreift, sage ich: »Du schickst mich unbewaffnet in den Kampf? Es wird nicht so lustig sein, wie du denkst, wenn ich mich auf die Schnauze lege. Ich bin verwundet, schon vergessen?«

»Meine Güte!«, betont er melodramatisch und füllt sich auch Wasser ein. »Es ist erbärmlich, wenn du so drauf bist. Vollkommen erbärmlich. Es läuft hier nicht ›die Welt gegen Samuel Birch‹, kleiner Bruder. Wir anderen haben es nicht auf dich abgesehen.«

Seine Worte schmerzen auf eine Art, wie es nur die eines Geschwisters können – weil er recht hat. Insgeheim denke ich wirklich, dass sich alle gegen mich verschworen haben. Mir war nicht klar, dass er es bemerkt hat.

»Werd mal ein bisschen lockerer, Bro. Mach all das, worüber du in deiner Rede geschwafelt hast. ›Liebe ist … die Tussi mit den großen Titten anbaggern‹, oder was immer du gesagt hast.«

»Ja, das ist genau das, was ich gesagt habe. Schön, dass du aufgepasst hast.«

Er richtet sich in seinem Stuhl auf und sieht mich feierlich an, wobei er sich wirklich auf das konzentriert, was er gleich sagen wird.

»Ihr habt euch den ganzen Abend angestarrt, und sie hat über deine dämlichen Bonmots gelacht – sogar über die, die überhaupt nicht lustig waren. Ich weiß nicht, was los ist, aber wenn ich das Kuchenmesser hätte, hätte ich die sexuelle Spannung zwischen euch durchschneiden können. Geh und rede mit ihr, Sam! Amüsier dich! Hab ne gute Zeit! Zumindest könnte es dich davon abhalten, missmutig zu sein. Ich kenne keinen anderen Mann, der so nachtragend sein kann wie du.« Dann lacht er über sich selbst: »Der missmutige Birchy-Boy, hahaha!«

Ich will etwas Kluges sagen und ihn ein oder zwei Köpfe kleiner machen, damit er nicht das letzte Wort hat, aber da klirrt Besteck gegen Glas und kündigt den Beginn der Reden an. Er dreht mir den Rücken zu, zieht seine Frau an sich heran, und sie machen es sich gemütlich. Glückliche kleine Scheißer. Izzy ist immer noch nicht zurück. Als ich mich auf dem Hof nach ihr umsehe, streife ich den Blick ihrer Freundin Anastasia. Sie zwinkert mir zu und weist mit dem Kopf in Richtung Bar.

15
Izzy

Ich kann vom Klo aus hören, dass die Reden beginnen, und als ich fertig bin, ist der erste Trauzeuge schon in vollem Gange. Um zu meinem Platz zurückzukommen, müsste ich mitten über den Hof laufen, also drücke ich mich lieber im Dunkeln herum und warte auf den richtigen Moment.

»Ich habe mich schon gefragt, wo du bleibst.«

Er ist es.

»Bist du mir gefolgt?«, frage ich und kann mich nicht entscheiden, ob ich das süß oder ein bisschen seltsam finde.

Ich muss mich aber nicht entscheiden, denn er lacht und sagt: »Ich bin mir ziemlich sicher, dass wir beide gerade die gleiche Mission erfüllt haben – vorausgesetzt, du hast gepinkelt und nicht gekackt.«

»Frauen kacken nicht«, antworte ich und verziehe dabei keine Miene. »Wir haben nicht mal Arschlöcher. Wir sind untenrum ganz glatt. Wie Barbie.«

»Ahhh, deshalb können Frauen auch nicht furzen? Ich hatte mich schon gewundert.«

»Flirten wir gerade mit Fäkalhumor?«, frage ich.

»Pssst«, sagt er und legt einen Finger an die Lippen, wobei sein Lächeln verrät, dass er es nicht wirklich ernst meint. »Du bist sehr unhöflich. Die Reden.« Er nickt in Richtung der Bühne, wo sich der zweite Trauzeuge für einen anscheinend besonders langen Akt aufwärmt, anstatt es wie der erste schnell hinter sich zu bringen. Das wird wohl noch eine ganze Weile so weitergehen.

Ich halte die Klappe – nicht, weil er es mir gesagt hat, sondern weil es unhöflich ist, während einer Rede zu sprechen, egal wie unlustig oder langweilig sie auch sein mag. Und Adrianos Bruder gibt wirklich sein Bestes, also johle und juble ich mit allen anderen mit, um ihn zu ermutigen. Das macht man doch so auf Hochzeiten, oder nicht?

Aber ich fühle die ganze Zeit Sams Präsenz. Während des Abendessens hat er mich immer wieder angegrinst, sodass Anastasia und Kat mich herausgefordert haben, ihm nach dem Dessert etwas Süßes ins Ohr zu wispern. Sie haben mir versprochen, dass das Frühstück auf sie geht, wenn ich es tue. Zwischendurch konnte ich beobachten, wie er Aran das Vorgehen bei einer Operation erklärt hat: Er hat sich zu ihm hinübergebeugt und hat quasi mit seinen Händen gesprochen; er hat wild gestikuliert und alles so heruntergebrochen, dass Aran es verstanden hat. Es hat sich herausgestellt, dass er *Kinder*chirurg ist. Das hatte Claire gar nicht erwähnt. Der mürrische Mann im tollen Anzug, mit den wunderbaren Eltern, dem Hollywood-Lächeln und der Superman-Lesebrille, rettet beruflich kleine Kinder. Das ist fast schon zu viel. Wenn er Immobilienmakler wäre, würde alles an ihm Sinn ergeben. Aber nein, er muss ein verdammter Kinderchirurg sein, bei dem man das Gefühl hat, den Jackpot geknackt zu haben, wenn man ihn zum Lachen bringen kann.

Wir stehen nebeneinander, Adrianos Bruder macht einen unüberlegten Witz über Adrianos erste Freundin, und keiner von uns bewegt sich, aber es fühlt sich an, als wären wir uns plötzlich nähergekommen. Der Abstand zwischen uns fühlt sich winzig an, und dann berührt Sam, kaum merklich, meine Fingerkuppen mit seinen. Es ist eine keusche und unschuldige Berührung, gleichzeitig aber gewagt und dramatisch. Ich weiß nicht, ob ich mich umdrehen und ihn ansehen oder so tun soll, als wäre nichts passiert. Mit der kleinsten Bewegung, die ich aufbringen kann, streichle ich im Gegenzug sanft seine Finger.

Die Luft steht still. Ich weiß nicht, was ich als Nächstes tun soll. Mein Atem ist tief und schwer, mein Brustkorb hebt und senkt sich sichtbar, und dann verschränken sich Sams Finger mit meinen, und er zieht mich an sich und bedeutet mir, ihm zu folgen.

16
Birchy

Ich weiß nicht, was ich tue. Ich will wieder mit ihr allein sein. Unsere Finger sind ineinander verschlungen, und ich gehe voran – aber ich weiß nicht, wohin. Ich gehe einfach.

Sie kommt mit, bereitwillig, sie folgt mir dicht auf den Fersen. Ich höre ihre Stilettos auf dem Steinboden klackern, dann landen wir auf einem Kiesweg, und ich gehe immer weiter, ich kann kaum etwas sehen, aber ich navigiere uns *irgendwohin*, und dann zieht sie an meinem Arm und sagt: »Sam …«, und ich bleibe stehen. Sie drückt mich gegen die Wand und küsst mich.

Es ist befreiend und leidenschaftlich und perfekt.

Sie greift mit den Fingern an das Revers meiner Jacke, ballt ihre Hände zu Fäusten und zieht mich an sich, als wäre sie hungrig nach mir. Als *wolle* sie mich nicht nur, sondern als *brauche* sie mich. Das macht mich so an, dass ich eine mächtige Erektion bekomme.

»Ja«, sagt sie und drückt ihren Unterleib gegen meinen.

Ich verliere mich in ihr und befummle ihren Körper. Ihre Taille ist zierlich, und ich streiche über ihre Kurven und lande bei ihrem großzügigen, perfekten Hintern. Unsere Zungen tanzen miteinander, und ihre Hände wandern zu meinen Haaren. Wir reiben uns weiter aneinander, sie bewegt sich immer schneller und flüstert: »Gott, bist du heiß.«

Sie hat keine Angst, mich wissen zu lassen, dass es ihr gefällt. Nicht, dass ich Mr Boombastic wäre oder so, aber welcher Mann will nicht wissen, wenn er eine Frau glücklich macht? Sie stöhnt jedes Mal leicht, wenn ich mich an ihr reibe, und das gibt mir ein irre bestätigendes Gefühl. Ich fahre mit meiner Hand ihren nackten Oberschenkel hinauf, der durch den Schlitz ihres Kleides guckt, und ziehe ihr Bein hoch, sodass ich den Rand ihres Slips finden kann. Je mehr ich sie reize, je mehr ich andeute, meine Hand gleich unter den Satinstoff zu schieben, je mehr ich mit dem Daumen über die feuchte Stelle ihres Schlüpfers streichle, desto mehr keucht sie. Bei diesem Tempo muss sie mich nicht einmal berühren, damit ich komme – ich werde für den Rest meines Lebens an diese Geräusche denken. Ich will sie wirklich. Sie lässt ihren Kopf leicht nach hinten fallen und präsentiert mir ihren Hals, und ich sauge und lecke, und sie stöhnt und seufzt weiter. Es ist der Himmel auf Erden. Der tatsächliche, buchstäbliche, sexuelle Himmel, denn sie wird immer lauter.

Und dann hustet sie.

Nein, Moment mal. Nicht sie hustet. Der Husten kommt von rechts. Er stammt von einer dritten Person.

Es ist noch jemand hier.

Während Izzy auf der einen Seite keucht und sagt: »Ja, ja, oh Gott, ja«, höre ich auf der anderen Seite, in einem anderen Teil meines Gehirns, einen Schrei: »Jesus! Ich dachte … ich dachte, jemand sei verletzt! Du hast mir eine verdammte Angst eingejagt!«

Es klingt wie Ian. Mein Stiefvater.

Oh, mein Gott!

Es ist Ian! Mein Stiefvater!

Ich ziehe meine Hand, die zwischen Izzys Schenkel gepresst war, ganz schnell weg, schneller, als ein Teenager seinen Joint verschwinden lässt, wenn ein Polizeiauto vorbeifährt, und Izzy drückt ihr Gesicht fest gegen meine Brust.

Erstarrt presst sie die Augen zusammen, als könnte sie einfach verschwinden und nichts von dem hier wäre passiert, wenn sie es nur fest genug wollte. Im Bruchteil einer Sekunde ist die Stimmung gekippt.

»Entschuldigung«, sagt Ian. »Die Geräusche, ich dachte … es klang wie …« Er kann seinen Satz nicht beenden. Nun, da er weiß, dass er mich beim Rummachen erwischt hat, wechselt er von besorgt zu einem unterdrückten Lachen.

»Es ist wegen deiner Mutter. Sie will ein paar Familienfotos machen. Sie hat sich Sorgen gemacht. Gesell dich zu uns … wann immer du bereit bist. Keine Eile«, fügt er hinzu. »Komm einfach nach, wenn du so weit bist. Sozusagen.«

Das ist grauenhaft. Ich spüre, wie Izzy in meinen Armen zusammenzuckt, als der Name meiner Mutter und das, was wir gerade getan haben, in einem Atemzug fallen.

»Izzy, wie ich sehe, hast du Sam kennengelernt. Schön, dass ihr euch … gut versteht.«

Dieser sarkastische Mistkerl. Es ist so typisch für ihn, kaum etwas zu sagen und dabei alles zu sagen. Er verschwindet, woraufhin erst mal keiner von uns etwas sagt, aber dann lachen wir, und dann küssen wir uns, und der Kuss wird immer intensiver. Es fällt mir sehr schwer, mich von ihr loszureißen, aber ich weiß, dass meine Mutter selbst auftauchen wird, wenn ich noch länger wegbleibe, und das Einzige, was noch schlimmer ist, als von Ian beim Trockenbumsen erwischt zu werden, ist, von Mum auf frischer Tat ertappt zu werden.

»Oh mein Gott«, sagt Izzy, lehnt ihre Stirn wieder gegen meine Brust und holt Luft. Ich komme auch zu Atem.

»Ich hatte gerade …« Sie sieht mir in die Augen, ihr Gesicht wird vom fast vollen Mond über uns beleuchtet. Sie ist großartig. Sie zieht die Augenbrauen hoch, als wolle sie mir etwas zu verstehen geben.

Meine Augen weiten sich. Der Groschen fällt.

»Hattest du?«, sage ich.

»Ja.«

»Vom Küssen?«

»Ehrlich gesagt«, kichert sie, »weiß ich nicht, wie das passiert ist. Vielleicht wegen der Art, wie du mich berührt hast? Das war … Du bist …«

Sie keucht, als wäre sie gerade fünf Kilometer gerannt. Ich kann es kaum erwarten, dass sie den Satz beendet. Ich kann es kaum erwarten, dass sie es ausspricht, denn wenn es so einfach ist, ihr einen Orgasmus zu verschaffen, würde ich es gerne noch zwanzigmal tun, bevor die Sonne aufgeht. Ich möchte, dass sie sich die ganze Nacht lang großartig fühlt, dass sie all diese Geräusche wieder und wieder macht. Oh Gott, ich will sie so sehr.

»Wir sehen uns in einer halben Stunde wieder hier«, flüstere ich in ihren weichen, köstlichen Nacken, der wieder hart wird. Aber ich muss gehen – es ist die Mühe nicht wert, sich meiner Mutter zu widersetzen. »Nach den Fotos, okay?«

»Oh, auf jeden Fall«, murmelt sie, und als wir Hand in Hand zurückgehen, ist es mir diesmal egal, dass jeder sehen kann, dass ich hin und weg von ihr bin. Was auch immer gerade passiert ist, es war absolut fantastisch.

17
Izzy

Claire erblickt uns, als wir wieder auf die Piazza einbiegen, die sich inzwischen in eine Tanzfläche verwandelt hat; die Tische und Stühle sind auf der einen Seite zusammengeschoben, und eine Band baut ihr Equipment auf der Bühne auf, auf der die Reden gehalten wurden. Sam lässt meine Hand nicht los – warum sollte er auch? Wir sind ja nicht minderjährig. Wir sind erwachsen. Stattdessen zieht er meine Fingerknöchel zu seinem Mund, küsst sie und sagt mir, dass er gleich wieder da ist. Es ist so eine intime Geste, fast ein bisschen so, als würde er Anspruch auf mich erheben. Es macht mir nichts aus. Eigentlich mag ich es sogar.

»Okay.« Ich lächle und frage mich geistesabwesend, ob die Hälfte meiner Wimperntusche jetzt unter meinen Augen klebt und der Lippenstift über mein ganzes Gesicht verschmiert ist. Ich versuche herauszufinden, wo meine Clutch abgeblieben ist, jetzt, wo die Tische alle umgestellt sind. Darin befinden sich Taschentücher und Pfefferminzbonbons – das Wichtigste in diesem Moment. Claires Augen sind immer noch auf mich gerichtet, aber als ich sie anlächle, schaut sie schnell weg. Sie muss mich für billig halten, weil ich einfach so mit ihrem Sohn verschwunden bin, aber ich versuche, die Sorge darüber, was sie von mir denken könnte, wegzuschieben. Schließlich ist sie nicht *meine* Mutter.

Sam wird zu einem Foto nach dem anderen mit Claire und Ian und den Kindern und seinen Geschwistern gedrängt, und die Gruppe wird größer, als Adrianos Familie dazukommt, und schließlich auch die Braut und der Bräutigam.

»Du bist ja völlig weggetreten«, informiert mich Anastasia und lächelt mir ins Gesicht. »Du weißt, dass du vor dich hin starrst, oder?«

Meine Augen fokussieren sich wieder, und sie begutachtet mich.

»Mein Gott«, sagt sie. »Du siehst aus, als wärst du geschändet worden. Wo warst du? Hast du dich betrunken? Du hast die gesamten vierundachtzig Minuten Reden verpasst! Kat hat an unserem Ende des Tisches ein Wettspiel gestartet. Dieser Aran hat gewonnen und dann zur Feier des Tages den Typen geküsst, mit dem er den ganzen Abend geflirtet hat. Es war sehr süß.«

Sie redet und redet, aber ich höre sie nicht wirklich.

»Izzy! Haaallooo?«

»Weißt du, wo meine Handtasche ist? Meine Clutch? Sie haben alle Tische umgestellt.«

»Kat hat sie«, sagt sie. »Mach dir keine Sorgen. Obwohl … Ich weiß eigentlich gar nicht, wo Kat hin ist, lol. Geht es dir gut? Hat Birchy dich gefunden?«

Dann taucht ein weißes Kleid in meinem Blickfeld auf. Sarah.

»Meine Lieben, ich kann nicht glauben, dass es das erste Mal an diesem ganzen Abend ist, dass ich dazu komme, mit euch zu plaudern!«, kreischt sie und zieht uns beide in eine Umarmung. Ihr Kleid ist total ramponiert. Es ist unten herum schmutzig, und vorne zieht sich ein Rotweinfleck hinunter. Das scheint sie aber nicht zu stören.

»Es war so ein wunderschöner Tag, Babe«, sagt Anastasia zu ihr, und ich merke, dass sie es ernst meint, denn sie legt sich die Hand aufs Herz, während sie spricht. »Ehrlich. Es gibt kein einziges Detail, an das du nicht gedacht hast. Es war perfekt.«

»Das kann ich nur bestätigen«, grinse ich. »Dieser ganze Tag wird mir ewig in Erinnerung bleiben. Es war zauberhaft. Wie im Märchen.«

»Danke, Ladys. Und danke, dass ihr gekommen seid! Es war ein großes Wagnis, eine Hochzeit an einem Urlaubsort zu planen, aber wenn ein paar Hundert Leute aus der ganzen Welt einfliegen, bekommt man das sichere Gefühl, geliebt zu werden!«

»Wir hätten es um nichts in der Welt verpassen wollen«, sage ich.

»Sie hat die ganze Zeit während des Gelübdes geschluchzt«, scherzt Anastasia.

»Das hast du auch!«, entgegne ich, und sie zuckt mit den Schultern und gibt mir recht.

»Gleich kommt noch der erste Tanz«, grinst Sarah, »und dann das Anschneiden der Torte und das Feuerwerk um Mitternacht, also macht nicht schlapp, ja?«

Anastasia und ich geben Begeisterungslaute von uns, und ich versuche, präsent und geerdet und ein guter, engagierter Gast zu sein, während meine wunderbare Freundin von ihrem Hochzeitstag schwärmt – von ihrem Konzept und ihren Sorgen und allem, worüber sie mit Adriano gestritten hat, wo er ihr zugestimmt hat und so weiter. Meistens gelingt es mir ganz gut, aber ich muss zugeben, dass meine Aufmerksamkeit geteilt ist. Ich kann nicht anders, als Sam in der Menge zu suchen. Er ist verschwunden.

»Wie geht es euch beiden eigentlich?« Sarah kommt zum Schluss. »Die Arbeit, das Leben, die Liebe? Wie lauten die Schlagzeilen?«

»Gut!«, sagt Anastasia. »Auf der Arbeit ist viel los. Kat ist wunderbar. Wir haben endlich einen Samenspender gefunden. Es ist … das Leben! Es geht voran.«

»Und bei dir, Izzy?«, fragt Sarah.

»Mir geht's auch gut!«, sage ich strahlend. »Ich denke darüber nach, mich als stellvertretende Schulleiterin zu bewerben. Es gibt Gerüchte, dass Mr Pattinson endlich in den Ruhestand geht. Und bis Weihnachten werde ich wohl genug gespart haben, um eine Hypothek aufzunehmen. Das wäre nur eine Anzahlung, aber, hey, es wird meine eigene Wohnung.«

»Oh, das ist wunderbar«, sagt Sarah. »Und was ist mit Dates? Nach Doug? Bist du …«

Ich zucke mit den Schultern und versuche, nonchalant zu wirken. In meinem Kopf blitzt ein Gedanke auf, der in diese Richtung geht: *Ich glaube, ich habe mich gerade in Adrianos Freund verliebt, nachdem wir wild herumgefummelt haben*, aber das ist natürlich unangebracht und ein bisschen lächerlich, und sie wird mich wahrscheinlich auslachen, wenn ich überhaupt andeute, dass Sam infrage kommt, und erst recht, wenn ich zugebe … was passiert ist.

Ich begnüge mich mit: »Du kennst mich. Ich date und lege mich nicht fest, es sei denn, er ist supersüß oder superlustig oder einfach super. Ich halte Ausschau nach Mr Right …«

»Interessant, sehr interessant.« Sarah nickt und guckt dann schelmisch. »Ich kenne nämlich zufällig ein paar solcher Männer. Ich weiß nicht, ob jemand heute Abend Ihr Interesse geweckt hat, Madame …« Sie grinst und wackelt mit den Augenbrauen, und ich spüre, dass sich Ärger anbahnt.

»Was hast du getan, Sarah?«, frage ich, und ein komisches Gefühl macht sich in mir breit. Ich werde auf der Stelle sterben, wenn sie mir hier und jetzt einen Gentleman präsentiert, wie eine aufdringliche Mutter, die ihren einzigen Sohn trotz seines wahnsinnigen Mundgeruchs und seiner Vorliebe für Gummipuppen verheiraten will.

»Sie ist in Sachen Kontrolle nicht lockerer geworden, nicht wahr?«, sagt Sarah zu Anastasia, die mich mit zusammengekniffenen Augen anschaut, als würde sie versuchen, ein Rätsel zu lösen, für das sie nicht alle Hinweise hat.

»Ich weiß nicht recht …«, sinniert Anastasia. »Da war der Koffer eines Mannes, den sie aus Versehen gestohlen hat, und ich habe das Gefühl, da ist irgendetwas im Busch. Sie sind zusammen verschwunden …«

Ich werfe ihr einen Blick zu. Sie hat so getan, als hätte sie keine Ahnung, wo ich während der Reden gewesen bin, doch ganz offensichtlich hegt sie einen Verdacht. Aber eine Dame genießt und schweigt.

Da erscheint nun auch Adriano, ganz trunken vom besten Tag seines Lebens und sichtlich erleichtert, nach anderthalb Minuten Trennung wieder bei seiner frisch angetrauten Frau zu sein.

»Meine Liebe, mein Schatz, meine Welt«, sagt er, und Sarah strahlt und klatscht in die Hände.

»Jippie!«, sagt sie. »Ich wusste es! Ich wusste, dass du ihn überzeugen würdest.«

Ich habe ein ganz schlechtes Gefühl. Ein wirklich schlechtes Gefühl.

»Izzy, hallo, guten Abend«, sagt Adriano und streckt seine Hand aus, um meine zu ergreifen und mir einen Gentleman-Kuss zu geben.

»Guten Abend«, antworte ich mit zusammengebissenen Zähnen. »Ich würde dir ja gerne zu deiner Hochzeit gratulieren, aber warum habe ich bloß das Gefühl, dass ich es jeden Moment bereuen werde, jemals nett zu dir gewesen zu sein?«, frage ich. Sarah sieht ihn verzückt an.

»Ich fürchte, ich bin meiner perfekten Frau gegenüber total loyal«, gibt er als Antwort zu, und dann ruft er: »Dude! Hier drüben!«, und da wird mir klar, dass mir jetzt jemand vorgestellt wird, und dabei will ich mich nur davonschleichen und mit Sam rummachen. Ich hasse es, reingelegt zu werden. Ich hasse es, keine Kontrolle zu haben – was für eine Überraschung!

»Komm schon, Adriano, ich hab dir doch gesagt, dass ich da keine Lust drauf …«, beginnt er, und dann treffen sich unsere Blicke.

Er lächelt.

Ich lächle.

Adriano, Sarah und Anastasia schauen zwischen uns hin und her, als wären wir Nadal und Federer, die einen Tennisball hin und her schlagen. Sie schauen hin und her, und wir stehen da, lächeln, *grinsen,* strahlen sogar, und schließlich sagt Sarah: »Siehst du, Addy, ich habe dir doch gesagt, das wird Liebe auf den ersten Blick.«

18
Birchy

Wir werden durch den ersten Tanz gerettet. Die Band spielt John Legends »All of Me«, die Stimme des Leadsängers erklingt sanft, und wir alle versammeln uns, um zu beobachten, wie Adriano und Sarah sich verliebt ansehen und sich eng umgeschlungen zur Musik bewegen.

»Ich dachte schon, ich würde jetzt mit irgendeinem Cousin tanzen müssen oder so«, sagt Izzy zu mir, während wir zusehen. »Ich dachte, ich werde reingelegt.«

»Das wurdest du auch.« Ich lächle, mein Gesicht ist ebenfalls der Tanzfläche zugewandt. »Adriano hat mich heute Nachmittag davor gewarnt. Ich habe es total vergessen. Er hat gesagt, Sarah hätte jemanden für mich im Sinn.«

Sie kichert. »Stell dir vor, du bist so selbstlos, dass du sogar an deinem Hochzeitstag Amor spielst.«

»Das könnte ich nicht«, erwidere ich. »Ich kann mir nicht einmal vorstellen, einen Hochzeitstag zu haben.« Ich weiß nicht, warum ich das gesagt habe. Das war ein bisschen unpassend. »Oder so nett zu sein.«

»Sagt der Kinderchirurg«, scherzt sie.

»Du unterrichtest kleine Kinder, nicht wahr? Du baust die Köpfe von morgen.«

Bevor sie antworten kann, lösen Adriano und Sarah ihre Umarmung und fordern die Gäste auf, sich zu ihnen auf die Tanzfläche zu gesellen. Sarahs Vater tritt zum Hochzeitspaar, um seinerseits mit der Braut zu tanzen, und Adriano bittet seine Mutter zum Tanz. Langsam gesellen sich auch andere Paare dazu: Anastasia und ihre Frau

Kat, Aran und der Typ, der beim Abendessen auf seiner anderen Seite saß – ich habe kaum mit Aran gesprochen, so sehr war ich damit beschäftigt, Izzy anzuhimmeln. Ich sehe Mum und Ian, Charlie und seine Frau Miranda, Esme mit unseren beiden Neffen an den Händen. Adrianos Brüder sind mit ihren Partnerinnen da, und da ist das ältere Paar, das ich in der Lobby gesehen habe, als ich im Morgenmantel dastand. Sie kennen alle Schritte und führen ein paar richtige Tanzschritte alter Schule vor. Das ist wirklich beeindruckend. Schließlich sind nur noch Izzy und ich übrig.

»Darf ich um diesen Tanz bitten?«, fragt sie, und ich nicke.

»Du darfst.«

Ich lege meine linke Hand auf ihren Rücken und halte meine rechte Hand hoch, die sie sogleich ergreift. Ihre andere Hand rutscht zu meiner Taille unter meine Jacke, und dann schaut sie durch die Wimpern zu mir hoch. Sie ist ein wenig errötet, aber sie lächelt.

Mit Ella wäre es nicht so.

Mit niemandem sonst auf der Welt wäre es so.

Mit Izzy passiert etwas jenseits der Chemie. Es ist, als ob unsere beiden Puzzleteile nahtlos ineinanderpassen. Da ist so eine Anziehungskraft – es gibt sie, und es gibt mich, aber zusammen sind wir irgendwie ein »Wir«.

Ich habe mich noch nie zuvor wie ein »Wir« gefühlt.

»Das ist … unerwartet«, sagt sie, und über ihren Kopf hinweg sehe ich Mums nachdenklichen Blick in unsere Richtung gerichtet, und dann grinst sie und nickt zustimmend.

»Das ist es, nicht wahr?«, antworte ich. »Das habe ich auch gerade gedacht. Ich sollte eigentlich mit jemand anderem hier sein …« Dann unterbreche ich mich. Ich weiß auch nicht, warum ich das gesagt habe.

»Ich weiß«, sagt sie leichthin. »Deine Mum hat es mir erzählt.«

Oh Mann. Gibt es überhaupt jemanden, dem meine Familie nicht mitgeteilt hat, was mir heute Morgen passiert ist? Obwohl, eigentlich stört es mich nicht. Nicht jetzt. Nicht hier. Den Sam Birch von heute Morgen gibt es nicht mehr. Etwas hat sich verändert, etwas hat sich verschoben.

»Es tut mir wirklich leid wegen der ganzen Koffersache«, fährt sie fort. »Nur um das klarzustellen. Ich weiß, du warst sauer auf mich, weil ich gelacht habe …«

»Ich war nicht sauer auf dich«, stimme ich ein. »Ich meine … ich war es, aber ich glaube, ich war auch ein bisschen wütend auf die Welt. Mein Bruder hat mir deswegen eine Standpauke gehalten.«

Die Band spielt eine weitere Ballade, und ich nutze die Gelegenheit, um unsere Umarmung zu intensivieren und sie noch enger an mich zu ziehen, während wir uns drehen.

»Worauf kann ein Mann wie du wütend sein?«, fragt sie, und wir sind jetzt Wange an Wange, sodass wir ganz leise flüstern können.

»Im Moment auf absolut gar nichts«, sage ich.

Wir tanzen.

»Wohnst du in London?«, fragt sie nach einiger Zeit.

»Ja.«

»Ich auch«, antwortet sie und sagt nichts weiter.

»Praktisch«, bemerke ich, und sie gibt ein leises »Hmmmm« von sich.

Dann beginnt das Feuerwerk, das in Formationen aus Ockergelb und leuchtendem Pink, Blau und perfektem Grün in den schwarzen Himmel schießt. Wir schauen hinauf, aber ich lasse sie nicht los. Ich will sie so nah bei mir haben wie möglich. Ich will sie hier haben, bei mir.

»Würdest du mal mit mir ausgehen?«, frage ich, während wir von den tanzenden Farben da oben erleuchtet werden. »Wenn wir zu Hause sind? Ich würde gerne mit dir auf ein Date gehen.«

Sie lächelt. »Wie wäre es mit nächstem Freitag?«

»Nächster Freitag ist perfekt«, sage ich.

Kann es wirklich so einfach sein? Adriano hat damals, als er an dem Morgen anrief, um zu erzählen, dass er Sarah getroffen hat, gesagt, dass er es wusste. Er wusste es einfach. Ich versuche, mich an den Grund zu erinnern. Ich denke nach und denke nach, und dann fällt es mir ein. Ich erinnere mich genau, was er gesagt hat. Als er mir am Telefon sein Herz ausgeschüttet hat, war ich auf dem Weg zur Arbeit, am Morgen nach einem weiteren katastrophalen Date, und ich war aufgewühlt, weil ich eine SMS bekommen hatte, dass sich der Zustand eines meiner Lieblingspatienten über Nacht verschlechtert hatte. Aus Adriano hat es gesprudelt wie Lava, die plötzlich aus einem Vulkan spuckt, der lange geschlummert hat, und ich habe ihn gefragt: »Aber Alter, wie kannst du dir so sicher sein? Du hast nur vier Stunden mit ihr verbracht, woher willst du wissen, dass sie die Richtige ist?«

»Es hat mich getroffen wie ein Blitz«, war seine Antwort. »Ich kann es nicht erklären. Aber ich will dich um etwas bitten. Wenn du es eines Tages auch fühlst, möchte ich, dass du es mir sofort sagst. Denn wenn du es weißt, dann weißt du es. Und wenn du auch nur annähernd so fühlst wie ich, werde ich mich riesig für dich freuen.«

Ich ziehe Izzys umwerfendes, reizendes, kofferstehlendes, perfektes Gesicht zu mir und küsse sie. Ich küsse sie so, wie man es tut, wenn man es ernst meint. Denn das tue ich. Es war nie vorgesehen, dass ich mit jemand anderem hier bin. Es war nie vorgesehen, dass mir der richtige Koffer aufs

Zimmer gebracht wird. Es sollte so kommen. Alles fühlt sich genau richtig an. Wenn man es weiß, dann weiß man es.

»Hey«, flüstere ich. »Lass uns Adriano suchen gehen. Ich muss ihm etwas sagen.«

Sie nickt, fast unmerklich, und schenkt mir dieses süße, bezaubernde Lächeln.

»Ich muss Sarah auch etwas sagen«, sagt sie, und ich denke, ich weiß genau, was es ist.

Was wäre,
wenn du die Liebe deines Lebens
jeden Morgen knapp verpasst?

LAURA JANE WILLIAMS

Dein Lächeln um halb acht

ROMAN

Normalerweise nimmt Nadia die 7.30-U-Bahn – es sei denn, es kommt etwas dazwischen. Sie weiß ja nicht, dass Daniel jeden Morgen auf sie wartet, seit er sie in einem mit Kaffee bespritzten Kleid gesehen hat. Dann entdeckt Nadia eine Anzeige in der Zeitung: »An die hinreißende Frau mit den Kaffeeflecken auf dem Kleid: Lust auf einen Drink?«
Nach einigem Zögern sagt sie zu, und damit beginnt eine ebenso romantische wie amüsante Reihe von Beinahe-Begegnungen …

Wie Daniel und Nadia einander in London immer wieder um Haaresbreite verpassen, erzählt die britische Autorin Laura Jane Williams in dieser modernen Liebeskomödie ebenso romantisch wie amüsant.

»Zum Seufzen schön, wunderbar modern und locker-leicht erzählt« FÜR SIE

KNAUR

Manchmal kommt das große Glück erst nach einer geplatzten Hochzeit: die neue spritzige und moderne RomCom von Laura Jane Williams

LAURA JANE WILLIAMS

Say yes – perfekter wird's nicht

ROMAN

Auf buchstäblich alles war Annie vorbereitet, damit ihre Hochzeit perfekt wird – nur auf eines nicht: dass ihr Verlobter Alexander sie ohne ein Wort vorm Traualtar sitzen lässt!
Erst eine Begegnung mit ihrem Jugendfreund Patrick zeigt Annie, wie sehr sie sich selbst verändert hatte, um Alexander glücklich zu machen. Aber was ist aus ihrem Glück geworden? Kurz entschlossen nimmt Annie Patrick mit in die 5-Sterne-Flitterwochen nach Australien, die ohnehin schon bezahlt sind. Dass sie sich dabei Tag für Tag näher kommen, ist sicher nur dem romantischen Ambiente geschuldet und nicht alltagstauglich, denkt Annie. Und auch Patrick geht es eigentlich viel zu schnell, denn sein Herz trägt Narben aus einer alten Beziehung. Außerdem wartet zu Hause nicht nur ein attraktiver Job auf Annie, sondern auch Alexander …

Der humorvolle Liebesroman »Say Yes – Perfekter wird's nicht« hat die richtige Mischung aus Leichtigkeit, britischem Humor und viel Romantik.

KNAUR